U0908040

鱼肚白点亮的记忆

徐淑云　著

山西出版传媒集团
山西人民出版社

图书在版编目（CIP）数据

鱼肚白点亮的记忆 / 徐淑云著. -- 太原 : 山西人民出版社, 2022.10
ISBN 978-7-203-12327-9

Ⅰ. ①鱼… Ⅱ. ①徐… Ⅲ. ①散文集一中国一当代
Ⅳ. ① I267

中国版本图书馆 CIP 数据核字（2022）第 122848 号

鱼肚白点亮的记忆

著　　者：徐淑云
责任编辑：魏美荣
复　　审：崔人杰
终　　审：贺　权
装帧设计：刘昌凤

出 版 者：山西出版传媒集团 · 山西人民出版社
地　　址：太原市建设南路 21 号
邮　　编：030012
发行营销：0351 - 4922220　4955996　4956039　4922127（传真）
天猫官网：https://sxrmcbs.tmall.com　电话：0351 - 4922159
E - mail：sxskcb@163.com　发行部
sxskcb@126.com　总编室
网　　址：www.sxskcb.com

经 销 者：山西出版传媒集团 · 山西人民出版社
承 印 厂：三河市元兴印务有限公司

开　　本：880mm×1230mm　1/32
印　　张：6.625
字　　数：200 千字
版　　次：2022 年 10 月　第 1 版
印　　次：2022 年 10 月　第 1 次印刷
书　　号：ISBN 978-7-203-12327-9
定　　价：59.80 元

时间从指间滑落，成为过往，苍老成岁月。市井寻常成为回忆，喜怒悲欢，是那短暂成为故事。

人从最初的婴儿，渐渐成长，步入青年、中年、老年，仿佛一蹴而就。年少时，日子在期盼中滑落；青年时，时光在希冀中逝去；中年时，光阴在忙碌中消逝；老年时，时针在闲适中次第加速。

生命是一本书，生命是一杯酒，生命更是一半诗意、一半烟火。做生命的歌者，且行且悟。

徐汉云

文学总会让人心灵相通。我与徐淑云女士不是很熟，只在淄博市组织的文学活动中见过。但当我读完她的《鱼肚白点亮的记忆》后，对这个齐国故里的白衣天使，这个生于淄博长于淄博的作家，有了新的认识，也产生了由衷的敬佩。她洋洋洒洒地写了50多篇散文，跨越了25年的人生岁月。

她是一名神经内科医生，治病救人是她的主业，写作是她的业余爱好。也就是说，八小时之内，她奋斗在临床第一线治病救人。八小时之外的部分时间，她在文学田地里辛勤耕耘。

她对文学的热爱，也是偶然。她说自幼就喜欢听父辈们讲故事。小学五年级的时候，机缘巧合，接触到了她人生中的第一本书——《大别山上红旗飘》。这本书通过主人公何耀榜的亲身经历，真实地讲述了党所领导的鄂豫皖地区的革命斗争事迹，记载了烈士们不朽的英雄故事，记载了共产党员和革命群众坚贞不屈的革命意志和革命精神。

这本书如同一束光，照亮了她的精神世界。在这束光的指引下，她开启了与一部部小说结伴而行的青葱岁月。

她在《青春，在极端中流逝》一文中，是这样写与文学结缘并相伴前行的："我的精神领域几乎被诸多的文学作品所占据，读鲁迅、巴金，读老舍、孙犁……他们作为'人类通天塔的支撑者'，让我奉若神灵般仰视。我躲进这闪烁着智慧灵光的圣地，沿文字砌成的小径踽踽独行。抱着别样的情怀，与文字在静默中彼此凝望，接受心灵的抚慰，为纯粹的青春着色，任思想的火花飞溅，十分惬意地打发着漫漫花季中一个个冗长而亮丽的日子。追随着大师们笔下各类人物的踪迹，为他们曲折多舛的命运而歌哭。与此同时，也将正义、善良以及对生活真知的追求一同植入了心底。”

她说真正动笔写下文字，缘于20世纪90年代初期他们医院的一次国庆文艺会演。因为他们科室参加的诗朗诵找不到脚本，才有了她的第一次动笔。

这次经历，令她恍然开悟，原来自己也可以动笔写些文字。她的写作便从这时开启。从她的文字第一次见诸报端，迄今已断断续续写了25年。

她时常有感而发，用文字记述人生感悟。

她在《情感人生》一文中，这样写对友情的感悟：“那么友情则是缘分，是随意中的获得，是品格和才华的欣赏，是理解与肯定的共鸣，是轻松愉悦的心境。”

她在《一见钟情》一文中，这样写对一见钟情的领悟：“这种被浓缩于一眼之间的钟情，却也惹我思考。我一直以为，所有的好恶都有源头可追。或许决定一个人思想方向，左右一个人审美的因素很多，如生活阅历、所受教育、耳濡目染中得到的熏陶……就像《荀子》中写子贡、季路，称他们为天下列士，是源于文学礼义的教化。或许正是传统文化的濡染教化，成就了我们独特不二的精神世界。平日里虽无察觉，可一旦契合了心性，便会瞬间萌生出一种相见恨晚的情愫。”

她在《阐释痛苦》一文中，这样阐释对痛苦的理解：“痛苦有轻有重。轻者有生离之痛、失意之痛、挫折之痛；重者则是死别之痛、绝望之痛。轻者为暂时之小痛，重者是永恒无望之大痛。痛苦有大有小。

傲视痛苦，将其视为财富，像金子一样收藏者，痛大亦小；沉浸于痛苦，画地为牢，作茧自缚者，痛小亦大。能感悟痛苦，在痛苦的磨砺中得以净化而获升华者是智者；任痛苦恣意毁灭殆尽者是懦夫；能彻悟痛苦，达到‘生不忧，死不惧’的通达境界者是圣人；畏惧痛苦，在痛苦面前退却逃避者是愚者。”

她有着极深的故乡情结。在离别故乡，去外地工作数十载后，又带着对它深深的眷恋，重新回到这片生她养她的土地。

她在《市井随想》一文中，这样写故乡的变迁和新旧影像在心中合而为一的过程：“离开久了，不识的岂止是人，还有这周边的环境。数十载的疏离，错过的、缺失的，都不可估量。

“这座曾经仅有一条商业街的小城，历经数十载的变迁，如今已是九衢三市、八街九陌，今非昔比了。

…………

“我停留在30年前的对这座城的记忆，就像一部被定格的影视画面，或是一台配置老旧、久不应用的计算机系统，需要全面更新。所不同的是我在更新过程中，总想将以前熟悉的元素植入其中。

“……回临淄的一年，也是我重新认识它的一年。直到有一日，像在菩提树下大彻大悟的释迦牟尼佛祖，我在寻寻觅觅中恍然顿悟，故乡在我心中的新旧影像重又合而为一。终于，一颗高悬飘忽的心儿找到了归宿，尘埃落定。这种感觉非常美好，非常，非常……”

在她心里，也有着一份强烈的社会责任感，所以也时常在公益领域笔耕，讴歌行业精神。

她在《市井里的那抹职业蓝》一文中，这样讴歌城市管理者：“这是一座古老而又年轻的活着的城，这是一座吐故纳新代谢旺盛的醒着的城，它有海纳百川的胸襟，也有包罗万象的豁达，有着热血偾张的活力，也有急需医治的顽疾。不知有几人想过，保证它血脉偾张、维系它健康活力的，是我们的城市管理者。是他们躲在这座城光鲜亮丽的背后，干着最脏、最累、最烦琐、最平凡的工作，不论风霜雪雨，酷暑严寒。”

她在《便着蓑衣游慢城》一文中，这样讴歌高青绿色生态环保的发展成就：“时光缓缓流逝，一晃27年过去。2015年，这个黄河水沉沙池，终于等来了那位心性相通的知己，带领蓑衣樊人，紧扣绿色生态环保的发展主题，顺势而为，引领村民躬身前行。这个足足等待了27年的沉沙池，终于完成蜕变，成为有着‘地球之肾’美誉的生物多样性生态湿地。”

面对环境污染问题，她有位卑未敢忘忧国的责任感。她在《绝知此事须躬行》一文中写道：“自然生态环境的累累伤痕，不是一朝一夕能够扭转的，今后的道路依旧曲折漫长，需要几代甚至几十代人生生不息地不懈努力。倘若我们对生态环境治理的力度抵不过恶化蔓延的速度，灭绝的不单是眼下的这些物种。人类丧钟的鸣响，应该只有迟早，没有悬念，因为我们原本与这些看似卑微的生物同属地球之子。

“……令人担忧的，是破坏易，恢复难，‘就算花费大量的人力财力，也往往只能找回曾经平衡状态的一个边角’。”

她在文中呼吁：“在复绿过程中，尽量不要搞超大建筑、超大景观，还是将有限的资金用在复绿上吧。因为人工建筑物具有很大程度上的不可逆特性。因为‘具有涵养水源适合生物生存的土壤是数以万年自然过程中形成的产物；人工建造的钢筋混凝土，一旦形成地表景观，要恢复到自然生态系统生产力水平，至少也要数百年时间’。我们还是尽可能多地让出些宝贵的生态系统容量空间吧，尽可能多地留住些自然之美，让其他生命群落共同分享，让植物健康生长，让它们尽可能多地吸收些二氧化碳。

“但存方寸土，留与子孙耕。”

她也热爱生活，喜欢游历祖国的名山大川，写下自己对一城一地、一山一水的感悟。她在《西行雪域》一文中写道：“这或许源于它在我主观臆想中原始蛮荒的样貌，雄浑厚重和略带苦难意识的特质，以及尚未被现代文明浸染的文化。更缘于那位写下‘好多年了，你一直在我的伤口中幽居，我放下过天地，却从未放下过你’的仓央嘉措。这几句美到心碎的诗句，碰巧在很大程度上契合了我向往西行的心境，才有了萦绕于心的思绪难平。”

在《寻北之旅——阿尔山》一文中，她这样描写哈拉哈河的三潭峡段：“或许河流如人，有喧闹也有沉静，有狂欢也有孤寂。此时的哈拉哈河，细流涓涓，沉静悠然，不见湍急，也少有珠玉飞溅，即便水流跌落潭中，也儒雅有度，溅起的水花，都像轻柔的芭蕾舞步，不失优雅。护卫它的岩壁，一侧针阔混交，绿繁花俏；一侧陡峭耸立，松桦参天。”她看到石塘林植物存续的艰辛时，写道：“我读着介绍石塘林植被存续的文字，望着这片石塘林上艰难存续下来的一草一木，那首‘白日不到处，青春恰自来。苔花如米小，也学牡丹开’的诗句忽然袭上心头，禁不住热泪盈眶。因为我看到了它们生命存续的艰辛，看到了它们的执着顽强。它们为适应生存环境呈现出的样貌，瞬间将我打动，令我动容。”

对徐淑云女士的《鱼肚白点亮的记忆》，这里就不再作更多的评点了。想了解更多，还是选一个安静的日子，去静静地读她的书吧。

王冰

2021 年 7 月 12 日

（作者系中国作家协会会员，《诗刊》副主编，

《中华辞赋》杂志社社长）

目录

—

目录

目录

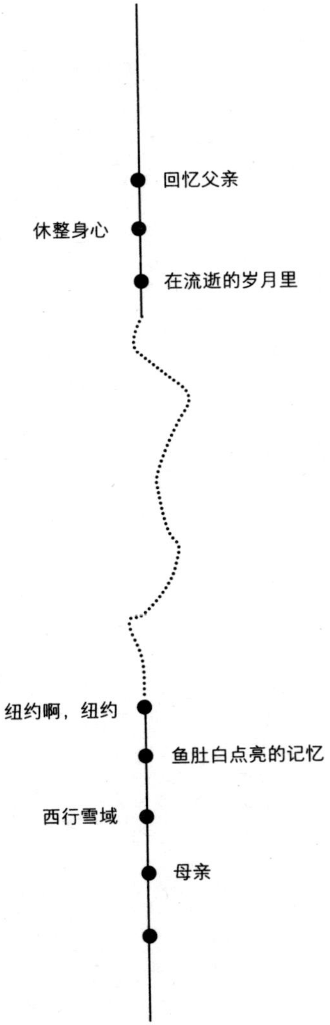

回忆父亲

休整身心

在流逝的岁月里

纽约啊，纽约

鱼肚白点亮的记忆

西行雪域

母亲

情感人生

不论男人女人，每个人都有一份真实的情感，就像拥有一片蓝天，在这情感的世界里，大都蕴藏着太多的苦辣酸甜，各种各样的情感体验交织在一起，如丝如缕，如梦如幻。

在人生漫长的岁月里，需要情感的慰藉，也需要情感的付出，需要得到亲情、友情、爱情，也需要精心呵护赐予你亲情、友情、爱情的人。

亲情有时像细雨，润物无声；有时像尺度，规范言行；有时像水滴，晶莹剔透而平淡无奇；有时像大海，风平浪静但又博大超常。从表面上看，或许少了几分炽烈，但却执着不懈，深沉而无私。

如果说亲情是与生俱来，无可选择，是赋予、是责任，那么友情则是缘分，是随意中的获得，是品格和才华的欣赏，是理解与肯定的共鸣，是轻松愉悦的心境。友情或十分短暂，或长达一生，或近在咫尺，或远在天涯。但却有着共同的基础，那就是默契和真诚。

然而在情感的风景线上，最醉人的花朵则是爱情。它是人生乐章中最高亢的音，是心海中大起大落的潮，是情感世界里刻骨铭心的爱，是心幕上色彩斑斓的虹。

正因为人类拥有了这样美好的感情，生活才变得丰富多彩。我们才能直面人生，微笑着面对生活。面对纷乱复杂的尘世，我们不论遇到多少艰难困苦，都能坚强面对，互相支撑着在人生的旅途上共赴前程，去体味付出与获得的崇高和美丽。

1996 年 9 月 10 日

原载于《泰安日报》

回忆父亲

一个月前，我匆忙踏上回家的列车，去和父亲作最后的诀别。突接噩耗，毫无思想准备的我，脑子里一片空白。我原本准备好的一旦父亲病情恶化在床前尽孝的假期也没用上，父亲没给我这个机会，这使我倍感悲痛和愧疚。

父亲是杏林中人，在自己钟爱的中医学领域默默耕耘了近50年，直到病故的前两天还在悬壶济世，为人诊病。他在当地也称得上小有名气，地方志中就有对父亲的记载，这也是父亲最引以为荣的地方。由于父亲对中医事业的热爱，五个子女中，就有三人遂父愿进了医学院校。父亲对我们寄予很大的希望，写下“共创岐黄业，同心济活人”的词句勉励我们。父亲在行医过程中，注重溯本求源，临症施泽。

常言道：用药如用兵。父亲就像一位将军，娴熟而又灵活地运用着这些兵将。在用兵过程中，时常能够悟出点什么。每次我从外地回家，不管时间长短，父亲总要找机会与我探讨一番。多数情况下，我充当听众，听他畅谈感悟、传授经验。近几年，我已感到父亲的衰老，故将一些经验记下，每当这时，父亲总是显得非常高兴。父亲躬行杏林几十年，积累了不少经验。退休之前就多次提及，退休后来泰安与我一起撰写《临症随笔》，但退休后身体每况愈下，前年来泰安住院时还把资料带来，想在病情好转后加以整理。无奈疾病缠身，父亲再也没有好到可以从容著书的程度。我想这也是父亲最大的遗憾。

父亲是一位性格开朗的人，唯一的爱好就是吟诗作赋，但从不想着发表。父亲在病重期间，也始终保持着较为乐观的态度。虽然病重，头脑却很清晰，有时稍有兴致，还能赋诗一首。这些年他作了许多诗，而且默记在心，稔熟于口，不论哪个子女回家，几句话过后，就开始谈诗，自觉精美的，拿来笔墨，书写成篇，挂在墙上。父亲肢端坏疽严重的时候，我回家探望，他作诗一首描述病痛："天天受刑刑不尽，终日挨打打不停。昼夜疼痛痛难忍，想入梦境梦不成。"说得我心如刀绞，泪如雨下。

父亲去了，不用再受这种折磨了。正如他的小孙子所说："爷爷走了，到享福的地方去了。"从这一点上说，我似乎得到了某种安慰。然而，血肉相连的亲情，仅凭这一点又能减轻多少悲痛呢？父亲遗体告别的时候，我悲痛的心情达到了极点，我望着父亲的遗容，久久不愿离去。那种刻骨铭心的亲情实在难以割舍，我号啕大哭……

父亲走了，我们无法挽留。回到家里，一种人去楼空的苍凉迎面袭来，好生心酸。人生竟是如此短暂，回想起来，往事历历在目。孩童时，我坐在父亲的自行车上数着一百以内的数字，父亲不时纠正着错误；青年时，父亲买了去济南的车票，送我走进大学校门，一路告诫叮嘱……这一切仿佛就在昨天。然而，岁月无情，不停地推搡着人们快步向前。不论草木还是人生，谁又能违背呢？父亲的一生虽然平平淡淡，却有着充实的生命内涵，他不辍悬壶，济人危难，直到生命的终点。

人事有代谢，往来成古今。

父亲安息吧，您的儿女将牢记您的教诲——共创岐黄业，同心济活人。

父亲放心吧，女儿一定谨遵您的教诲，完成您的遗愿。

1998 年 1 月 31 日

原载于《泰安日报》

休整身心

在城里住久了，时常因为城市的喧嚣而心生浮躁。因生活的琐碎而忙碌，因说不清的压力而郁闷，因此，极想寻觅一处清净之地，让身心得以歇息。

去年春天，因工作关系，我有幸来到大津口乡待了一段日子。

我虽然居于泰安许多年，也时常漫步山中，攀爬的却是泰山主峰周边的那些山峦，看到的都是泰山阳面的绮丽风景。

此次因工作来到泰山以北，从另一个角度打量这片连绵起伏的群山时，看到的却是另一幅美丽画卷。

这儿与泰山主峰的游人如织相比，少了景区的喧闹嘈杂，多了空旷秀美、幽静深邃。如不是那条穿山越岭的公路与之相通，倒像陶渊明笔下的一处世外桃源。

乍见脚下这片清净之地，便禁不住眼前一亮，心中生出的是一种充溢心扉的莫名欣喜。这份喜悦让我意识到，此行对我而言，或许意义非凡。因为在完成工作的同时，或许更能借着这一片清幽，平息我内心的浮躁，拂拭掉心灵的尘埃，解除长久积攒于心里的重压和烦闷。

这之前，我和妇产科的苏大夫虽同事多年，却因科室不同，平时并无太多交集。此次结伴而行，彼此间的投合，成就了一份长久的友情。

如果说完成工作与休整身心是一举两得。那么，这份无意间收获的友情，令我想起的是《梦溪笔谈》记载的“一举而三”的“丁渭工程”。

比之冬季漫山遍野的枯杨衰草，我更喜欢春天的色彩斑斓和蓬勃生机。春的气息，不但能复苏万物，更能点亮心绪，振奋精神，令我在整个冬日里僵化着的思维活跃起来。

或许，经年累月远离农事生活，二十四节气的变换，已被我全面忽视。如不是对春的感知力还在，立春这个节气也不会被我准确地记起。

我总能在立春前的一两日内，察觉到春的到来。总能从这几日带着些许和煦的风里，嗅出春的气息。它最初的这缕气息，虽然丝丝缕缕，似有若无，却有着穿透时空的魔力。

如果说我对春的感知，形成于后天。那些花草树木对春的感知应该是与生俱来的。那些冬日里萧瑟落寞的花草树木，也会如我这般，随着春天到来的第一缕气息，从沉睡中苏醒。若是留意观察，不难发现，那些随风摇曳着的枝条，已经不同往日。虽然依旧是一副赤条条的模样，却已变得无比生动，呈现出勃勃生机。不几日，它们便一改冬日里的模样，着起华服锦衣。

村子周边的山峦，大多经过了农民的精心打理。放眼望去，山里多果树，漫山遍野，层层叠叠，无边无际。

工作之余，我们漫步山间，这山、这草、这树木，在我们日复一日的凝望中，逐渐现出了片片嫩绿，各色小花露出稚嫩的笑脸。山楂、苹果树叶儿雏形已具，点点嫩绿悄然爬上枝头。迎春花、杏花、桃花、梨花等次第开放。山地里的荠菜、蒲公英、茵陈也陆续长成，可采可食。它们在春阳的映衬下，叠印着斑斓的色彩，飘逸着醉人的芬芳。这幽静的山谷，盎然的春意，和着花草弥漫出的淡淡幽香，足以化解集聚于心中的块垒，带走心中的愁烦，轻松愉悦悄然萌生，弥漫于心底。

我们时常怀着喜悦的心情，沿崎岖坎坷的山间小路，一路谈笑，一路憧憬，向着大山深处行走。大山寂静深邃，空旷而又静谧。越深入其间，越能嗅出微风送来的一阵阵汲自泥土雨露的芬芳。各色静默着遍生山涧谷底的树木，其不染纤尘的新绿，令人情不自禁地联想起《诗经》里溢出的诗意。

我们沉醉于群山的怀抱，沉醉于幻想，感受着大山的博大与灵秀，惊叹着造物主的不凡。时而攀至山顶，随大山深处依稀可闻的溪水声极目远眺，寻找大山的生命之泉，探究这一脉溪水的源头与归宿。

山有多高，水就有多长，河流是从古至今形成农耕文明的条件之一，有水的地方必有人家。于是，又极目远眺，寻遍被绿色覆盖的山峦，探索弯曲坎坷的山路，找寻农人的踪迹和家园。

此时，一棵老出神韵的核桃树映入眼帘。我们望着这株“前不见古人后不见来者”、孤零零伫立于山间、与大山相依相伴的老树，终究猜不透它的年轮。

我们孩童般攀爬其上，端坐于粗壮的树干上，就像躲进了祖母的怀抱，感觉好生亲近。儿时登高爬树，让祖母着急上火的往事，莫名涌上心头。

走累了，我们也会仰卧于山石，接受春阳的抚慰，享受山中那份独有的宁静，聆听偶尔传来的鸟儿的鸣叫声和牧羊人遥远的吆喝声，任思绪轻飘如云，一股莫名的感动，悄然潜上心头，唤起我几许的希望与憧憬。我忘却了生活的劳顿，忘却了作为社会人的各种烦恼，并情不自禁地爱上了这片大山，爱上了这份清新和宁静，幻想着在这片深山，寻一隅理想之地，建一处茅屋草堂，安放浮躁的心灵。远离市井，远离喧嚣，做一个大山之子，日出而作，日落而息。观云卷云舒，凤翥鸾翔；赏花开花谢，蝶飞蜂舞。用辛勤的汗水浇灌这片令人心醉的土地，做这片土地的守望者。大山，你能接受我吗？大山不语，我心中不禁黯然，伤感中透着孤独。

思绪从虚幻的憧憬被拉回到现实，拉回到喧嚣嘈杂的市井，拉回到琐碎的柴米油盐，拉回到每天都要面对的繁杂事务中。

理想很丰满，现实很骨感。因为，很大程度上，每个人的生活，是由社会框定的。作为一个社会人，不可能事事遂愿，不可能躲到幻想中生活，还必须面对现实，继续去履行为人子、为人妻、为人母的义务，继续为自己的事业奔波忙碌。

但是，此次下乡，完成工作任务的同时，也放松了自己，收获了友情，平息了内心的浮躁，忘却了生活的烦恼，使负重的身心得到休整，并从质朴的山里人身上，汲取了力量，继续前行。

1999 年 5 月 23 日

原载于《泰安日报》

阐释痛苦

不论幸福缘于什么，都是令人深深陶醉的。与此相反，痛苦更容易突然降临，让人刻骨铭心。或许上帝赋予人性中愁苦的成分更多一些，所以在人生旅途中，幸福的时刻总感短暂，而痛苦在某段时日里尤显漫长。

梦想破碎，原本充实的生活变为敷衍是痛苦；瞻念未来，前途无望是痛苦；无依无靠，孤立无援是痛苦；忍痛割爱，难舍难分是痛苦。痛苦是揪心的离愁，痛苦是缠身的别绪，痛苦是冷冷清清的感觉，痛苦是心神不定的寻觅。痛苦还是凄凄惨惨的心境和个人遭遇的缠绕；痛苦更是疾病的折磨，面对死亡的恐惧、天灾人祸降临时的无助和国破家亡时的绝望。

痛苦有轻有重。轻者有生离之痛、失意之痛、挫折之痛；重者则是死别之痛、绝望之痛。轻者为暂时之小痛，重者是永恒无望之大痛。痛苦有大有小。傲视痛苦，将其视为财富，像金子一样收藏者，痛大亦小；沉浸于痛苦，画地为牢，作茧自缚者，痛小亦大。能感悟痛苦，在痛苦的磨砺中得以净化而获升华者是智者；任痛苦恣意毁灭殆尽者是懦夫；能彻悟痛苦，达到“生不忧，死不惧”的通达境界者是圣人；畏惧痛苦，在痛苦面前退却逃避者是愚者。

可以说痛苦与生俱来，时常与生命相伴而行。回望沉入岁月深处的先人们，从天子到平民，有谁能摆脱命运带给他们的痛苦呢？

南唐后主李煜，虽贵为天子，但沦为俘虏的切肤之痛，在“往事只堪哀，对景难排”的词句中表达得淋漓尽致；一代词人李清照，经历了外寇侵扰和丈夫亡故的巨大悲痛后，将痛苦融入“寻寻觅觅，冷冷清清，凄凄惨惨戚戚”的词句里。他们的伟大之处就在于经历了痛苦的磨砺后，对人生有了更深层次的感悟，使词风油然升华，使清丽凄美的词句超越时空而获得永恒。

痛苦的极致，莫过于死亡，能坦然面对者，令人肃然起敬。古希腊学者阿基米德，能在罗马军队攻城的危急时刻，专心求证数学题，城破而面对死亡时，唯一想到的是把题证完。伟大的哲学家苏格拉底在饮鸩之前说道：“分手的时候到了，我去死，你们去活，谁的去路好，只有神知道。”在这些堪称智者、圣人的先哲面前，我们生活中的失意、挫折，是多么的微不足道，多么的不足挂齿，又是多么的不能称其为痛苦啊！相比之下，还有什么痛苦不能释怀呢？

2000 年 5 月 2 日

祖母和她的朋友

20 世纪六七十年代，村里有位五保老人，老伴死后，独自住在一个僻静的小院里。不知是何原因，她眼睛失明了。现在想来，或许是白内障吧。

小时候，我跟随祖母去过她家。

她也经常拖着根棍子，摸索着到我家来，跟祖母聊天。虽然，我文章的题目用了“祖母和她的朋友”，其实，我拿不准她是祖母的朋友，还是她境遇使然，使祖母对她心生怜惜。

祖母是我们村最早接受党的教育，加入中国共产党的老党员。至于她老人家哪年入党，哪年担任妇救会主任，我已经无从查证。但是，她参与革命活动，一定是在 1946 年以前。因为，1946 年 6 月，国民党第八军从潍县沿胶济铁路向西进犯，占据临淄县城的时候，她跟祖父随区中队转移到了小清河以北的博兴。

姐姐出生于 1949 年，是姑姑的第一个孩子。因姑姑患病早亡，姐姐自幼跟我们一起长大。她回忆说，自从她记事起，我的祖父便是一乡之长，祖母是村里的妇救会主任。当年无数个漆黑的夜晚，祖母跟随祖父，背着年幼的她，迈着缠裹过的小脚，沿着坑洼不平的羊肠小道去附近的村子，做加入高级社和人民公社的宣传动员工作。

人民公社成立后，我们村被分成东西两个小队。失明的五保老人分到第一生产小队，也称东队。我们家属于第二生产小队，称为西队。祖母依然担任大队的妇联主任，一直至1956年，才卸去村妇联主任之职。其后，经大队党支部研究决定，由我的母亲继任了。

之后，我们这一众孩子相继出生，祖母便不再下地劳作，负责家中事务和看管孩子。我们姐弟几人都是祖母一手带大的。

缘于此，我们姐弟几人对她老人家的感情，远胜于母亲。记得弟弟结婚那日，按习俗来到祖母墓地祭扫，弟弟悲从中来，放声大哭，我们姐弟几人，也随他哭成了泪人。他或许想起自己年幼时说的那句话了，他对祖母说："等我长大了，我用汽车载着你。"祖母却没等到这一天，便早早地离我们而去。回到家，弟弟一头扎进他的婚房，继续哭泣，哭声震天动地。

我们在祖母身边的那段时间，失明的五保老人经常到家里来。这时的祖母，也不知从何处接受了斋戒的熏陶，突然戒掉偶尔才会吃到的鱼肉之属，吃起斋来。

但吃斋这条却一直是游移着的。家里虽然很穷，但父亲每月是有工资的。父亲又是美食家，每个周末，都会买一点猪肉回来，和祖母包饺子。这在当时或许是一种奢侈，因为一年到头，父母都两手空空，没有一分一厘的积蓄。每年的春节，置办完待客的年货和孩子们的衣物，手中的钱已经所剩无几，就连春节走亲访友的点心，父亲也只能买一半的量回家，欠缺的另一半，都是靠亲戚们到我家留下的来补充。祖母虽说吃斋，却不在意饺子里有肉。那也是父亲反复强调营养，对她老人家急赤白脸的说教换来的成果。

那时，正处于中华人民共和国成立初期，工业基础的打造要从零开始，农业基础设施也基本为零。连领导人都在跟人民一道勒紧腰带过日子。祖母不知是原本善良还是信佛使然，对那位五保老人一直心存怜惜，偶有点稀罕之物，都要给她留上一点。

这失明的五保老人也将祖母视为知己，时不时便用根木棍敲打着地面，摸索着到家里来，跟祖母聊天。

然而，祖母并不长寿，她老人家离世时，也就 67 岁。她是因肺癌去世的。这与她跟随祖父以做豆腐为生，长年累月待在烟熏火燎的环境里不无关系。

五保老人的生活是由第一生产小队安排的，起初是将她交由她的一个远房侄子照看的，她侄子帮她干些打水磨面之类她自己做不来的家事。

有一年，村里兴起“造肥运动”，动员村里人拆房献肥。那时，正值中华人民共和国建立以来的生育高峰，各家各户都频繁添丁进口，房子不拆都显得拥挤。也弄不清有多少家是拆房献肥了。反正五保老人的房子，是献出去了。

在我儿时的记忆里，那是一个干净清爽的小院（因为没有鸡鸭鹅狗）。虽然房屋都是土坯草舍，倒也整洁美观。虽略显萧条冷清，却无多少破败之色。莫非是随岁月渐深，风雨侵蚀，到了献肥的年月，这院落已经破败？破败得再无以为其遮风挡雨？应该是吧。因为，那时的房屋都是土坯草顶，是需要经常修缮的。倘若家中缺了人手，再遇阴雨天气，破损处的小洞会迅速变大洞，一发而不可收。

说来，五保老人的丈夫在世之时，他们是过继过一个儿子的。当时这孩子正处在长身体的时候，常言道：半大小子，吃死老子。这孩子不仅吃得多，还在几个月的时间里，吃光了他们腌制的一瓮咸菜。老两口觉得有点心疼也有些承受不起了，就将这孩子退给了他的父母。

后来，生产队在饲养院（养牛养马的地方）里，为五保老人建起了新草屋。我曾路过那儿，远远望去，倒也算齐整。房屋建成后，五保老人便搬了进去。生产队还派了一名腿脚利落的老人家帮她做饭，照料生活。据说，照料者也很上心，失明老人也算衣食无忧。

然而，在那个时期，大人们都忙得脚不沾地，村里又无托儿机构，那些年幼的孩子，被放养着。在外做了怎样的恶作剧，他们的父母是不知道的。曾听人说，这失明的五保老人，在这没门没院来去随意之地，不可避免地成为一群尚不懂得怜悯为何物的孩子的戏弄对象。他们时不时来到这草屋门外，七嘴八舌逗她玩。老人家就在这样的境遇里度过了她人生中最后的日子。

1999 年 7 月 20 日

送病人

20 世纪 90 年代初期，我们科收治的一名冠心病病人，频发心绞痛，发作起来面如死灰，煞是吓人。连续静滴硝酸甘油，注射低分子肝素，兼以吗啡、哌替啶临时注射治疗，效果不佳，病情得不到控制，治疗一时陷入困境。

于是，与病人家属沟通，商量转院事宜。病人妻子是某单位的部门领导，很注重礼节，每次进出我们办公室，都要跟我们一一握手。

因病人病情变化，双方需要时时沟通，她进出我们办公室的次数自然增多了不少。可是，她每次进出，这握手的礼节必不可少。我们几个年轻大夫，怕她受累，跟她握过手之后，便借故离开。待她走后，再回来继续工作。

那时，尚无冠脉支架置入技术，只有冠脉搭桥手术，而这种手术也只有省级医院能做。还好，病人的女儿是省医院职工，最后决定将病人送往省医院治疗。

我跟科里的一名护士担起了这次护送任务。救护车上路的时段，路上车辆稀少，国道上显得宽敞寂静。

这时，一位老兄突然骑车横穿马路，近距离进入我们的视野。事情发生太突然，让人猝不及防。司机师傅应对突发事件的应变能力很强，反应也够敏锐。他一脚刹车，将方向盘猛然向左打去，终因距离太近，车灯将这老兄刮倒，摔至马路中央。车子、鞋子及帽子像是厌倦了长年累月跟在主人身边，不想再跟他受累，无一例外当了逃兵，四散着弃他而去。

我们急忙跳下车，奔至这位老兄身旁。但见他侧卧在地上，口鼻出血，手臂多处擦伤。

作为医生，我连忙对他进行查看，判断病情。还好，这老兄意识清楚，四肢活动自如，没有骨折，口鼻出血也属局部受伤，不像脑部出了毛病。于是，我们将他一并拉上，往省医院而去。

送了病人，我们便忙着挂号找医生，给这位老兄处理伤口，做必要的检查，打预防破伤风的针。

看完病后，因惦记事故处理，司机师傅给医院办公室（后面简称院办）打了电话，便马不停蹄地往回赶。

我们与院办的人几乎同时到达出事地点。此时已是中午，我们便在路边找了家饭馆，边等待吃饭，边等待院办的人与这位老兄一方的人沟通。这老兄、同事和我闲来无事，便坐到了离他们较远的位置。

这时，我才顾得上打量这位老兄。他大约 50 岁，少言寡语有些木讷。因常年戴顶帽子，额头处一分为二，上半部分因常年被帽子遮盖较之下一部分皮肤白出许多，对照鲜明。他直直地颇为拘谨地坐着，在我跟同事的催促下，喝着我们不时添给他的茶水，且时而“嗯，嗯”地回答着我们对他伤情的询问。事故处理情况好像与他无关，一副漠不关心的样子。甚至不朝那位帮他处理事故，正在与院方讨价还价的同乡那边看一眼，不知是出于对这位同乡的信任还是什么别的。其憨厚如我的邻家大哥一般。这时，我心中的天平，不由自主地移到了这位老兄一边，生怕他在事故处理中吃亏。

还好，经过商谈，双方很快达成协议，不找交通部门，私了。几番交涉之后，院方大度，没让他吃亏。

此时，饭菜也端上桌来，看来这位老兄真的是饿了。见饭菜上桌，他便一扫刚才的拘谨，旁若无人地埋头吃了起来。因吃得又急，不一会儿，便满头大汗了。我跟同事边为他夹菜，边劝他吃慢一些。气氛也逐渐变得轻松起来。见他满头的汗水，我们便忙不迭地给他递纸巾擦拭。他那被帽子遮盖着，白出来一截的额头，在汗水的浸润下，也似乎白得更加鲜明了。这又让我想起了他被撞丢的帽子来，于是打趣他道：“幸亏把帽子撞丢了，要不你更热。”

2000 年 10 月 5 日

原载于“一起写”网站

在流逝的岁月里

我对绘画艺术的喜爱，还是缘于少年时期的弟弟。但我所说的喜爱，只不过是喜欢观赏而已，自己却没这方面的天赋。少年时期，家境不好，父母的能力仅限于让孩子不忍饥挨饿。也是大环境使然，没人注重发现孩子们各方面的天赋和潜质，更谈不上加以培养。弟弟在绘画方面所接受的启蒙教育，可能就是进入小学后，十分不规范的图画课了。只记得小时候，他在本子上、墙壁上到处涂鸦，没少挨父亲骂。有一次，他心血来潮，画了一张父亲的肖像画，看上去惟妙惟肖。我们正欣赏呢，被下班回家的父亲撞见了。父亲一看便恼羞成怒，举起一把笤帚，追着弟弟就打，边追边吼："我叫你不务正业！"

那时，我们国家百废待兴，各行各业都是一片热火朝天的建设热潮。农村尤其艰苦。单凭母亲一己之力，即便不眠不休，也难以完成该干的农活。像切地瓜、摆地瓜干、拾地瓜干、系烟、解烟、捋烟……许许多多的农活，都需要我们这些孩子帮着完成。没有人像现在这般重视孩子的学习。父亲所说的正业指的就是劳动。我们每天放学后，被父母赶到田地里，去做力所能及的事情。至今我仍记得父亲整天唠叨我们的两句话："家有多少事，路上（放学路上）少徘徊。"之后父亲干脆写下来，作为座右铭贴在了墙上，算是对我们的时刻提醒。

我就是从那时起，在耳濡目染及不经意翻看弟弟或借或买的绘画书籍中，渐渐对绘画艺术产生兴趣的。

父亲是杏林中人，对医学情有独钟，弟弟高中毕业后，按照父亲的愿望进入医学院校。但毕业后几经变迁，他变得异常繁忙。然而，他对书画艺术的喜爱却一如既往。闲暇时，热衷于购买书籍，每日啃读临摹。他的业余时间，几乎全用在了临帖练习上。几十载的练笔不辍，成就了他在书法艺术上炉火纯青的技艺。我春节回来，去他那儿，最爱翻看的，依然是他早年购得的那本大部头的《西洋绘画》。

我喜爱绘画艺术，最初吸引我的，是它所包含的极契合我心性的意蕴。我对西洋绘画的色调、韵致有着不可自拔的迷恋，一幅《蒙娜丽莎》，令我百看不厌。4 年前搬入新居，我购得一幅，将其挂在客厅里，时常慵懒地卧于沙发中，与她彼此凝望，她柔情而友善的眼神，嘴边浮现出的谜一般的微笑，很美，也很耐人寻味，其朦胧而神秘的气息，若埃及的“斯芬克司”。我也喜爱康斯太勃尔的《干草车》、列维坦的《三月》、米勒的《晚钟》……更惊诧于大师们善于从审美的视角认识自然，敏锐地获取生活中的诗意。一辆运草的空车正涉越溪水向前行走，前面美丽而别致的红砖农舍便是家园，背后有高大的乔木，原野深远而辽阔……雪橇停在客舍的门前，走过漫漫严冬进入三月，积雪初融，似乎能嗅到空气中弥散着春的气息……在苍茫的暮色中，一对农民夫妇仍在辛勤地劳作，远处传来的钟声，如来自上帝的召唤，他们暂停劳作而虔诚祷告……多么美丽的画面，每当我面对它们，都会被深深地打动。

对西洋画的喜爱，还缘于它和同时代的宗教、哲学和文学息息相通。画家运用独特的艺术语言将我带入其中，给予我源源不断的精神上的滋养，成为我最初想亲近西方文化的启蒙。

抛开巴洛克、洛可可的各派画风，一幅幅经典画作吸引着我，使我无法抵挡其诱人的魅力。在那些闲暇的、平静的夜晚，我时常徜徉其中，啃读着与画、与大师们相关的文字。我陆续读过《希腊神话》《伊利亚特》《奥德赛》《理想国》……钻入书堆找寻柏拉图、亚里士多德、苏格拉底等先哲们的足迹，还曾找来《圣经》潜心研读，一时间被家人误以为我要遁入宗教之门而大为震惊。由于对先哲们的敬仰，我又回头仔细观赏拉菲尔的《雅典学院》，想读懂并牢记这一位位先哲让人崇敬的神情。由观画换来了我对先哲们的无限崇敬。我再次深入研读，找寻的却是引导我们中华民族走过漫长岁月的圣哲——老子、孔子、庄子。我读《道德经》、读《论语》、读《庄子》，读与先贤们相关的文字，并将一尊孔子的镀金塑像放在房间最醒目的位置。金色——太阳的色彩，只有圣贤当之无愧，而那些凝结着先哲们智慧的文字，经过岁月风霜的磨洗，朴素而深奥的哲理，已幻化成一种民族精神、一种道德观念而深入人心。

拿破仑说过："真正的，不带任何遗憾的征服，就是对无知的征服。"无须赘言，其文字深处的某些隐喻，足以涵盖我观画的寻常举止。

2002 年 8 月 26 日

生命中的浪漫历程

随时光流逝，我已经步履匆匆地走过了很多个夏日。但是，很少有某个时日在记忆深处留下深刻的印痕。今年初夏，却因为学兄的一纸邀请，使日子变得丰满起来，可算是多年以来收获到的最浓的夏日了。

盼望的日子充满了憧憬，30 年前的那段青春岁月，就像一个灿烂的梦，在这等待的日子里，越来越多地浮现在眼前。

相逢的日子温馨又快乐，洋溢着一份浓浓的友情。直到我落笔之时，心情依然不能平静。那宽松的氛围、爽朗的笑声，仍历历在目，同学们欢快的身影和笑貌音容，仍在我眼前晃动，甚至相见时的某个细节，带给我的都是一份莫名的感动。

30 年，在岁月不息的长河中不过瞬间，短暂得微不足道。但是，对于我们每一个怀揣单程车票的生命过客而言，其珍贵程度却是价值连城。

在那个物质贫乏的特殊岁月里，我们有缘携手继续求学，成为同窗，得以在恩师的引领下，堵漏补缺完成学业。而当年支撑滋养我们身体的，是父母倾力才能提供的煎饼咸菜。我们每天吃着同样的食物，无论春夏秋冬。但是，我们每个人依然青春勃发，幸福着、快乐着、单纯着，也真诚着。而每个星期日下午，背着煎饼去学校的一幕，多少年后，却成为我在梦中反复重温的甜蜜情景。作为学生，我们至今铭记着在即将步入社会时恩师的嘱托：“对待工作要劲猛如虎，对待人生要稳步如牛，对待同事要和蔼如月，适应环境要灵活如风。”30年中，正是恩师的这一教诲，为我们提供了一种尺度，不时修正着我们行进的轨迹。使我们能在生活的旅程中，不论职位高低，始终保持着精神上的正直。用自己诚实无欺的劳动，换取一份安身立命的资本。活得自信而又正直，平凡而不平庸。

“别后不知君远近，触目凄凉多少闷。渐行渐远渐无书，水阔鱼沉何处问”，学兄朗诵如歌，感染着我们每一个人，使我们心绪难平。这不正是这些年来，我们各奔东西的真实写照吗？不正是我们渴望相聚的心声吗？而再次相聚，不正是想要解开多年来缠绵于心间，扯不断理还乱的心结吗？我们之所以渴望相聚，正是因为对那段如歌岁月的深切怀念。因为它属于我们生命中最浪漫的一段历程。在它的旋律里，我们能追忆一段悠长的美好，重温一份奔放的热烈，找回一点青春的感觉，分享一段如歌的岁月。这段生命的历程，几经岁月的洗礼，对于我们这群即将步入知天命之年的人而言，如今能品味出的，已不再有苦涩，而只有醉人的甘醇了。

“打起黄莺儿，莫教枝上啼。啼时惊妾梦，不得到辽西。”学兄的朗诵再次打动了我。因为30年后的再次相聚，像极了一个美好的梦境，我们这群圆梦之人，沉浸其中，实在不愿被谁惊扰。然而，再缠绵的夕阳也不会为谁停留，再美丽的梦境也终究要醒。相聚终归短暂，分离才是永恒。但是，相聚在我们心中投下的和带走的，都将难以估算。而萦绕在心中的，又将成为一份永久的记忆，将为我们平淡的生活荡起一波涟漪，增添一抹亮色，注入一份回味悠长的意蕴。如此说来，我们已经不虚此行。

2004年5月18日

原载于《泰安日报》

有这样一条河流

我的家乡是一片被浓郁齐文化浸染过的土地。其中包含的文化意蕴，就像千百年来流淌在他怀抱中纵横交错的河流，滋养濡润着这片土地，也养育着祖祖辈辈生息于斯的父老乡亲。

儿时，姥姥总爱给我们讲一些关于他们家族的陈年旧事。因似懂非懂，不免听得索然乏味，有时会暗暗在心里埋怨姥姥迂腐。尽管如此，其中一个关于她先祖迁徙的故事，却是我爱听的，可也仅仅因为它更像一个美丽的传说。故事大体是说，她王氏家族的祖先，最早居住在山区，因为连年旱灾蝗害，致使土地荒芜，庄稼无收，各家皆残垣断壁，衣不蔽体，无以为食。饥饿的人们将可充饥的草根树皮挖掘剥食殆尽，死者仍不计其数。带着求生的欲望，他们的先祖被迫拖儿带女，背井离乡，走上了逃荒之路。他们一路向北，想在平原上找寻一块雨水充沛，河流纵横，弯腰能掬到清水的地方定居。正是在这种信念的支撑下，历尽艰辛，最终来到了临淄，在澠水源头定居下来……

岁月流逝，当我随着人生阅历的增加，逐渐摒弃无知，便不再觉得姥姥迂腐，想要弄清那些故事的来龙去脉时，姥姥已离去多年。这在我心中留下了深深的愧疚和遗憾。

去年秋天，我带着这个多年来萦绕于心间的遗憾成行。在师姐的帮助下，从王氏家谱中找到相关记载。姥姥讲的关于祖先迁徙的故事也得到证实，才使我心中那个残缺不全的故事有了一个圆满的结局。

姥姥的祖先确实独具慧眼，我的家乡的确是一个人杰地灵的地方。作为齐国古都，它有着深厚的文化底蕴。从明嘉靖四十四年以及清康熙十一年的青州府临淄县地图上看，在家乡的地域中，纵横交错的河流就有 6 条。它们分别是淄河、乌河、康浪河、渑水河、卧龙河、裙带河。从标记比例上可以看出，淄河可谓是一条大河。它发源于泰沂、鲁山山脉。其河床最宽处，可达 1500 米。流量最大时，可达每秒 2030 立方米。这些河流，滋养着这片一眼望不到边的平整而又肥沃的土地。同时也养育着姥姥的王氏家族，绵绵不断地繁衍生息。至清朝中叶，王氏家族已成为家乡第一大家族，且文人荟萃也成为家乡之冠。

但是，在我成年之后，这些河流都相继断流。就连本地最大的河流——淄河，也从一条滚滚奔流的大河，逐渐变成一条季节河，继而走向了自己的宿命——从我们视线中消失。至今我还记得，初入小学不久的我，曾在老师的带领下来到河边游玩。面对奔流不息的河水，我兴奋不已，立即脱掉鞋袜，将脚浸入水中，疯玩起来。还不时用稚气的童音朗诵着从父亲那里学来的《孟子》中的一句话："沧浪之水清兮，可以濯吾缨；沧浪之水浊兮，可以濯吾足。"那河水，就这样莫名地在我幼小的心灵中与沧浪之水契合相遇，留下了深刻的印象。那时，淄河在我心中留下的，是她的舒缓和美丽。随时日推移，我渐渐长大，人们在离她不远处建起了砖厂。中学时代的我，随学校到砖厂学工。劳动之余，再次来到她的身边，映入眼帘的已不再是那条清澈的河流，而是水面狭窄，且时断时续，生命力几近丧失的一脉瘦水。大部分干涸的沙滩，已经被盖房用沙的人们，将她挖掘得千疮百孔。而有些地方则被农人们种上了瓜果。

但在雨水充沛的夏季里，尚偶尔传来她忽然脾气大发，将在她身体上挖掘或种了瓜果睡在旁边看护的农人，无情冲走的消息。再一次亲近这条河流时，我已经是一名高中生，我随学校来此，是为了给这位蓬头垢面、满身疮痍，曾经叫作河的河流化妆美容。我们在她的身上均匀地挖了许多树坑，种下了一棵棵苹果树苗。但后来是否成活，却不得知晓。而心中留下的，是关于她不知从何年奔腾而起，又在不知不觉间谜一般戛然而止的疑问。

钱锺书先生曾经说过这样的话："对祖国的忆念是留在情感和灵魂里的，不比记生字、记数目、记事实等等偏于理智的记忆……前面的是一种活记忆。好比在树上刻的字，那棵树愈长愈大，它身上的字迹也就愈长愈牢。"我们对淄河的记忆又何尝不是如此呢？许多年过去了，我带着回归生活起点、审视生命行程的愿望，再次与师姐们一起来到这里，边走边估算着这条河流的年龄。我们无法追溯她诞生于何年何月。但是，从明嘉靖四十四年算起至 30 年前她断流为止，也有漫长的 409 年。我们更无法估算，在她的有生之年，给沿途的父老乡亲带来了多少物质上的富足，承载了多少寻常人美丽的情怀和遐思。然而，她的生命却走到了尽头，对于与她相关的那些记忆，也随之沉入岁月，成为历史，成为永久尘封于我们精神领域中的印迹。此时，再怎么怅然痛惜也无从复现了。

是何种原因使桀骜不驯、激情跌宕的她失去活力，逐渐消失了呢？

人类作为大自然怀抱中获得天地精华的幸运宠儿，作为受到雨露滋养的奇妙生灵，一路从混沌蒙昧的远古，与自然和谐相处着走来。但是，不知从何时起，不再谦虚的我们，从最初对大自然的敬畏，到逐渐自作聪明，反客为主。是怎样的班门弄斧触怒了我们的母亲——自然呢？接受惩罚是不可避免的。詹克明先生曾深刻地指出："人类在发展中堕落，在科学中愚昧，在叛逆自然中自掘坟墓。

忤逆自然的人类将不会在大自然里寿终正寝。”不管话语是否悦耳，我们却没有理由驳斥。因为，这绝不是危言耸听，就像这条河流在断流之前大发脾气，继而弃我们而去一样，难道不是大自然对我们发出的严厉警告吗？这不禁又让我想起了姥姥祖先迁徙的故事。但是，如果有那么一天，我们彻底失去了雨露的滋养，无路可逃，那又将是何等的境遇。我想，千年之前被围困在漫漫沙漠之中，流星般划向虚无的楼兰是否可作为例证呢？

我们一路想着、聊着、反思着，带着对心中那条大河的思恋，对青春岁月的追忆，对弃我们而去的母亲河的深深痛惜，更带着对她的愧疚和凭吊来到河边，看到的却是一个长 2500 米，宽 400 米的美丽湖泊，虽然她往昔的身影不再，但是，无奈之余，我们心中还是感到了欣喜，欣喜缘于家乡人对这条废弃多年、垃圾丛生的古河道的治理，起码使她的城区段在干涸了 30 余年之后，又重新在袒露的河床中见到了久违的河水；欣喜更缘于我们在她营造的美丽而充满诗意的氛围中，再次升华了我们的情谊。

然而，痛惜是深刻的，无法从我们心中抹去。因为她已不再是一条河流，已不再叫我们稔熟于口的那个名字，更因为我们赖以生存的水资源仍在日益减少。再过 30 年，我们的子孙还能记得她吗？那条承载了我们青春岁月，为我们带来福祉，叫作淄河的河流。

2004 年 8 月 21 日

原载于《淄博日报》

青春，在极端中流逝

一个骄阳似火的夏日，我躲过外祖母的视线，蹑手蹑脚地溜出家门，穿过正午阳光下寂静无声的街巷，来到村口的围子墙边（很少见村庄有这样古老的防御性建筑）。外面的世界很精彩，对幼小而好奇的我来说，有太多的诱惑。譬如钻到树丛中捉蜻蜓，下到池塘里泡着，对我而言都有极大的吸引力。

说实话，我喜欢去外祖母家，并不是因为思念她老人家，而是因为外祖母院前院后的树。它们的枝头，经常挂满红色的诱惑。此外，还有外祖母的“百宝箱”，永远有五彩缤纷令我炫目的扎头绳、花发卡、小鸟模样的泥口哨……这对极其爱美的小人儿更是诱惑有加。我头上经常扎满横七竖八的小辫子，昂着彩球般的脑袋，满世界疯跑，感觉美到极点。再者，就是村口的围子墙了。那时才几岁，尚不懂围子墙对于村庄的含义，也不会深究这围子墙因何而筑，筑于何年，只是喜爱它的独特。这段几经劫难，幸存于村北，被郁郁葱葱的树木遮蔽着的围子墙，随着时代更迭，虽最初功用不再，却依然会追随春风，执着地将心血凝进这一片翠绿。作为某种象征，见证着一段无言的历史。

我很容易找到两个同龄玩伴A和C。虽直呼乳名，其中A却是叔辈舅舅。为争抢位置，我们喊叫着拼命向围子墙上爬去。A却率先占据了我喜欢的那棵适于半卧于上的大树。我争抢不过，便哭泣起来。我的哭泣，非但没有换来A的怜悯，反而招来了他幸灾乐祸的歌声。或许是对美妙旋律特有的迷恋，在他的歌声中，我哭泣的心情荡然无存。于是抹去眼泪，攀爬到离A不远的树上悠然自得起来。

然而，自升入五年级，便与C形同陌路起来。究其原因，则是因为一位小女生对我的告诫。她压低嗓音万分神秘地叮嘱我："不要跟他玩，他很流氓。"虽然我平生第一次听到这词儿，且完全不懂它的含义，却也懵懂地意识到它的贬义。这对一个崇尚完美，颇为极端的小人儿来说，影响是巨大的。它极大地影响了我对C的友情。以至于与他在此后漫长的同窗生涯中，彻底失去了了解他的心情。更何况随着年龄的增长，我们这群身处花季、同窗共读的少男少女们，不知从何时起，便本能划清了界限。虽然在同一间教室，异性之间却变得老死不相往来。我与C更是如此。这种约定俗成，就像极具约束力的法则，规范着入住在这一极端王国的臣民，左右着花季里颗颗稚嫩而敏感的心。虽然正值叛逆的年龄，对诸如规则、纪律的约束怀有本能抵触的青春时节，却鬼使神差般服从着这一"法条"的约束，维护着它的"神圣"而不越雷池一步。其中还不乏乐于义务行使监督职责的"便衣"。偶尔有人违反，则会成为笑柄，立即招致群体异样的目光。虽并无多少恶意，也会对当事人造成一种压迫，令其羞愧不已。

到底是一种怎样的心态，导致了这种群体性的极端？是少男少女间的相互排斥？这显然不合乎生物学逻辑。是彼此间的相互吸引？那又何苦将心灵封闭成一座孤岛，是对异性感知的懵懂带来的羞涩？一份友情又何以如此。可怎样的状况才至于羞涩如此、极端如此呢？是令人迷惘的青春萌动？是深隐于心底的青涩绮思？我想，或许更应该将这种极端理解为青春期相互吸引的另一种表现，或者说矫枉过正所导致的结果。因为这个群体并非死水一潭，而是敏感、浪漫，如早春含苞藏怯的迎春花般充满生机。尽管我不能确定，这种极端是否深埋着某种病态。然而，这种彼此间似曾相识的陌生，反而被恰如其分地演绎成了一种极其静态、内敛而又纯粹的和谐，一种唯美又带有些许暧昧敏感的微妙氛围，反倒使这种沉默或者说矜持，有了一种默契，一种美妙，一种诗意，一种秘而不宣的独特魅力。

随着成长，我不再张扬，似乎在一夜之间恢复了女孩的安静，也似乎在一夜之间迷恋上了小说。它像神秘的所罗门宝藏，突然间展现在我的眼前。它的丰富令我着迷，让我欣喜，更使我流连。对小说的迷恋让我对精彩纷呈充满诱惑的世界失去了兴趣，取而代之的是常常手捧一本厚厚的书，边走边看，其投入程度不亚于葛朗台对金钱的贪恋。对于同窗小女生间热闹的嬉戏，再也无暇顾及。对于她们因为是非短长、鸡虫得失引发的争斗，再也不屑一顾。当然，这绝非是对进入青春期的自己卓尔不群的标榜。相反，此时的我也有强烈的从众心理，包括穿着打扮。再漂亮的衣物，只要与众不同，不管母亲怎样劝说，均会遭到我毫不留情的唾弃。而真正隐藏在这种现象背后的，是突然由文字带来的对身边事物的全面忽视。这份几乎屏蔽一切的沉浸，一如柏拉图记述的，为观星相而忽视了身边一切的哲人——泰利斯。

由于对小说过分的迷恋，影响了原本正常的饮食起居。最令母亲生气的是边吃饭边看小说。因吃吃停停，有一口没一口地，进而影响了食欲，眼见着身体瘦弱，且极爱生病，这使母亲对这类书籍“深恶痛绝”，对我的执着再也不能默然视之，劝说无果便强行没收，却屡禁不止。她曾多次发动突然袭击进行全面收缴，并扬言“焚书坑儒”。然而，却一直未真正付诸实施。虽然书多次被缴，我被多次惩罚，却也安然无恙。更因为与小说的不离须臾，经常受到母亲“一心不能二用”的教育。有一次，我被指派拆弟弟脏兮兮的棉袄。先听母亲做拆前训导，我被狠狠地告诫，拆棉袄时不能看书，不能把剪子向上挑以免伤到眼睛。或许真的惧怕失去光明，母亲走后，我选择性地执行了她“剪子不往上挑”的指令，在书的羁绊下，几个被弟弟鼻涕口水弄得僵尸般生硬的扣子尚未拆完，就将一把明晃晃的手术用剪刀深深地刺入了自己的右膝。因惧怕母亲，竟不知死活地任其红着肿着瘸着拐着好一阵子。见了母亲还会咬牙撑着，生怕露出破绽。

我的精神领域几乎被诸多的文学作品所占据，读鲁迅、巴金，读老舍、孙犁……他们作为“人类通天塔的支撑者”，让我奉若神灵般仰视。我躲进这闪烁着智慧灵光的圣地，沿文字砌成的小径踽踽独行。抱着别样的情怀，与文字在静默中彼此凝望，接受心灵的抚慰，为纯粹的青春着色，任思想的火花飞溅，十分惬意地打发着漫漫花季中一个个冗长而亮丽的日子。追随着大师们笔下各类人物的踪迹，为他们曲折多舛的命运而歌哭。与此同时，也将正义、善良以及对生活真知的追求一同植入了心底。难以言说彼张扬与此沉醉不是一种悖论，或者说发生了迅疾逆转的另类极端。记得在一个阴雨连绵的夏日，我将自己关在屋子里，不吃不喝不管母亲的喊叫，一口气读完了《红岩》。书中诸多人物悲壮的命运，极大地影响了我的情绪，一种痛彻心扉的悲伤，伴着那连绵的阴雨一起向我袭来，使我毫无挂碍纯粹如雪的心，变得如同阴雨中的街道，泥泞不堪。渣滓洞中的残忍像魔鬼般啄食着我脆弱的心灵，几乎令人窒息。于是我再也控制不住泪水，赌气般走入雨中，任凭雨水洗礼。

来不及品味的花季，已随逝如闪电的光阴悄然远遁。然而，记忆却将它的美好保留下来。这些青春花季的往事，在同窗重逢的日子里，悄然袭上心头，经久不散，且别样的生动，使人流连，让人沉醉。因为那段时光，是我们生命晨曦中，迎春花含笑的日子。

2004 年 11 月 25 日

原载于《神州杂志》

幸福的反思

一个月前，因工作时不慎，一个厚厚的病历夹从手中滑落，不偏不倚砸在右脚拇趾上，一阵钻心般疼痛过后，再看这脚趾，紫了一片。

因为正是查房时间，也就没太在意。这可恶的疼痛却一直持续着，非但不觉减轻，且范围逐渐扩大，向上直牵及整个小腿疼痛不已。

中午下班后再瞧，老天爷！这脚趾整个儿透紫，像一颗熟透的葡萄。趾甲几乎被积血整个儿托起处于游离状态。从侧面看，比以前足足厚了一倍。可能是重力的缘故，脚一沾地疼痛顿时加剧，只好将其抬起，以换取片刻安宁。

打电话到外科询问，说是将趾甲钻开放出淤积其中的血液减压止痛。在当时那种钻心般疼痛的情形下，这种方法，一听便令人毛骨悚然，更别说接受了。

心想，也不是什么大不了的病症，就这么着了，忍着，大不了少走动几步。这皮肉跟我久了，很随我的脾气，大大咧咧，平时不小心划破哪儿，都是该洗洗该涮涮，照常干活。它们从不在这些小事上找我麻烦，我对它们的修复能力很有信心。

然而，这脚趾坏得很不是时候。病房事多暂且不说，这时正值孩子出国之际，孩子的婶婶又做了个手术，也需要我的帮助。幸好家与病房相距不远，开始还能撑着过去抑或忙忙家中的事情，后来别说去前院，就是如厕都成了问题，不得不高举着脚歇息下来的时候，方才感到了一种无奈。

活动能力的暂且丧失，还让我从另一个角度体验了被疾病缠绕的苦恼。举着脚躺在床上，竟然生出诸多担心。担心趾甲脱落后长不出来，抑或长得很丑，夏天穿凉鞋暴露在外有碍美观。胡思乱想中还由此及彼想到了职业生涯中自己经治的那些病人，那些身患绝症抑或重疾的病人。他们患病后又该是何等心境啊！这突然让我领悟到，由疾病造成的痛苦，实在不能以病痛强度来衡量，身体上的疼痛或许可以忍受，而由疾病治疗无望引发的精神上的痛苦，才是了无止境的最难忍受的痛苦！

这种想法让我进一步认识到心理疏导的重要性。然而，作为临床医生，长期以来，关注最多的却是疾病本身。就像冯骥才先生描述的那位只认牙齿不认人的牙医一样，习惯从职业的视角看待病人，脑子里想的，是从何入手去扼制病人肆虐的病势，消除他们因疾病引发的肉体上的痛苦。除非个别有着明显心理问题抑或主动诉说的病人，而对那些将痛苦埋在心底的，却不甚关注。加之长年累月目睹病痛所导致的职业麻痹，他们潜在的心理问题就这样被我很自然地忽视掉了。

然而，医学远没有发达到我们期待的程度，即便我们再怎么努力，束手无策的时候还是很多很多。既然不能从根本上消除他们身体上的痛苦，理所应当从精神上去体贴安慰他们，尽最大可能减轻他们精神上的痛苦，消解他们内心深处的凄凉。

生命只有一次，美好而又短暂。“好死不如赖活着”的俗语，可谓一语中的，准确地道出了每个人面对死亡时，对这个世界的留恋。然而，疾病是残酷的，没有谁可以长生不老，有生必然有死，这是任何生灵都必须面对的自然法则。从这个层面讲，患病者精神上遭受的折磨又是无可取代的。生命的终极就是死亡，这一法则虽然人尽皆知，除却那些有着坚定理想信念的革命者，抑或堪称圣人的，当面临死神召唤时，又有几人能够坦然面对呢？

年轻时没有人觉得拥有健康是一种幸福。少不更事，反而盼望生病，以此引来父母更多的关爱，抑或吃到健康时不易吃到的食物。成年后，更仰仗筋骨隆盛，肌肉满壮，终日以酒为浆，以妄为常，逆于生乐，起居无节，随意挥霍健康资源。随着透支挥霍，当老迈过早降临，五脏皆衰，疾病生发，失去健康时，才幡然省悟，才追悔莫及，才戒掉嗜好，才恨病吃药。才意识到人生最大的幸福不是酒浆，不是妄为，不是厚禄高官，而是健康。

还好，脚趾肿胀一周后，我自作主张，用针头从旁边刺破，将存留一周的血液放出，漂浮在血上的趾甲回到了原位，那可恶的一动便出血的血管，经加压包扎，血终于止住，我又能活动自如了。真好，健康着、忙碌着、力所能及着、游刃有余着从容着面对生活，实在是一种幸福。

2008 年 4 月 10 日

原载于“一起写”网站

我看诸葛亮

我一直崇拜诸葛亮，觉得他足智多谋，为刘氏江山呕心沥血，忠心耿耿，非常辛劳。我希望他能够换一个轻松一些的工作，歇息下来，不要再为扶不起来的刘阿斗卖命。怎么就没想到让诸葛孔明到水泊梁山应聘这招儿呢？！

他若到了这人才济济的地方，肯定比在刘阿斗那儿强，肯定用不着管那么多事儿。像那些需要动智谋的事儿，保不准智多星吴用就代劳了。您说什么？活儿都让他一人干了，还要诸葛孔明干什么？您这就不懂了，干活的可都是CEO，您见过几个大老板亲自干活啊，那可是掌舵的人。

您说他就这么闲着无聊，那您又错了。闲得无聊，找武松啊，让他陪着上山打猎去啊！您说什么？违法？搁现在自然不行。老虎比人可金贵，没准儿它咬您一口行，那叫误伤，怨您自己不小心往它嘴边上撞。您打它可绝对使不得，别说是打，就是喂养不好都有虐待的嫌疑。全世界人民就这么小心翼翼地供着，一门心思地保护着，它们活得还不旺相，还动辄便想着玩灭绝呢，您还想打它，做梦去吧！

您别介意，我意思是说您说话不能脱离时代。武松那时候打虎，跟现在可不同，那时是英雄，是为民除害。别说是那时候，就是祥林嫂时代，各种野兽也够猖狂，她家小毛招谁惹谁了，还在自个儿家门口呢，那可恶的狼都找上门来寻衅，把他给叼走，生生断送了祥林嫂一生的幸福。

您说什么？您说我扯远了？诸葛孔明不想打猎怎么办？那也好办，跟鲁智深去学倒拔垂杨柳啊！树木不能随意地拔？犯法？老天爷，拔树犯法可不是他那个时代的事儿！现在自然不行，国家三令五申还有人利欲熏心以身试法，不管它名不名贵成没成材，便任意偷伐。可是您别忘了那个时候那些不法之徒还都没出生呢，况且树木比现在多了去了，就他一个鲁智深，任由他拔能拔走几棵？

什么？诸葛孔明没那么大力气，这招他学不来？那就跟林冲林教头先练练武功，人家那可是大教头！您摇什么头？林冲不行？他教的那套过时了？那就练气功啊！诸葛孔明事务缠身终日操劳，这气功既可修身养性又能强健体魄，对他来说再合适不过了。什么？那都是故弄玄虚？您这就不对了，虽然伪气功很多，坑蒙拐骗者不少，再怎么着也是好的多啊！咱练气功不为别的，就为强健体魄，依我看就推荐他练五禽戏八段锦。

您皱什么眉啊？阴阴阳阳像80岁老头练的？诸葛孔明不喜欢？那就找鼓上蚤石迁学轻功去！晋代许逊《灵剑子》中有云："气若功成，筋骨和柔，百关调畅。"但凭诸葛孔明的悟性，保不准能练他个飞燕掠空，蜻蜓点水，着瓦不响，落地无声。您说谁想坏他的名声？谁想让他干那种鸡鸣狗盗的事情？我说了吗？在传统武功中，轻功可是有着重要地位的，千万别小瞧了它，这不公平，您别以为会轻功就一准儿是小偷，那是偏见！再者，诸葛孔明是那种没主见的人吗？就我这名不见经传的一个人，他能听我的吗？

您不是这意思？您是说诸葛孔明也不喜欢？那他到底喜欢什么？我想起来了，古人多好酒。让黑旋风李逵每天陪他饮上几杯怎样？俗话说，酒逢知己千杯少，话不投机半句多。黑旋风李逵可是个孝顺人、爽快人、实在人，诸葛孔明肯定喜欢。什么？您说我有病？

您才……

好了好了，他不喜欢也没关系，咱再找他喜欢的就是了，水泊梁山可有一百〇八将呢！真不行还可以花钱请人搞个策划，现如今投其所好的人多了，还愁找不到吗？一言以蔽之，就是以他的好恶而定，兴致而为。反正又不是必需的主业，让他快乐是唯一的标准。就像我的主业是医病，兴趣是码字一样，随缘，有兴致了就码几行，没兴致的时候，往旁边一扔了事儿。

不管您愿不愿听，我还是要告诫您一句，虽然您觉得自己的想法不错，为他设计得挺好。但是，他喜不喜欢可是另一回事儿。毕竟现如今时兴的是择业自由，倘若他觉得这样并不开心，觉得人才聚集过多是一种资源浪费，他就愿意管那么多事儿，并以此为乐，您也不要越俎代庖，非把他弄到水泊梁山，干这种费力不讨好的事儿。再者，看在人家刘玄德面子上，也不好挖人家墙脚，拆人家刘氏江山的台。刘阿斗再不好，他老子毕竟还算个厚道人，还是顺其自然的好。

2011 年 3 月 5 日

原载于“一起写”网站

我看《百家讲坛》

《百家讲坛》的那些教授们，我都喜欢、都崇拜，而且崇拜得五体投地。真的，这绝对是真心话，没半点虚假。

在我眼里，他们个个知识渊博、修为深厚、出口成章。讲坛上，他们口若悬河、旁征博引、诙谐幽默、深入浅出，将沉入岁月深处的一个个历史人物描绘得活灵活现，将他们在那些事件中发挥的作用讲解得透彻淋漓。客观公正地（至少我这么认为）将一个个历史事件呈现在我们眼前。让我们在轻松愉悦的氛围中，了解了历史，增长了知识。

或许会有人对我的这种崇拜以及不假思索的照单全收不屑一顾，认为我盲从、肤浅，斥我为傻瓜、笨蛋也未可知。不过，如果您想指责，我绝不反驳，也同样会照单全收，并且还会对您充满敬佩，如同敬佩《百家讲坛》的诸位老师一样。

常言道：会看的看门道，不会看的看热闹。真正能看出些门道，提出些不同见解的，一定是有着深厚修为的人。故此，能够质疑教授的讲述，提出自己独到见解的，一定不是等闲之辈，一定是熟悉那段历史，并在那个领域下过一番苦功，并有所造诣之人。

然而，人都是不断进步的，都是从无知走向有知的，看门道都是在无数次看热闹中练就的。由此及彼，不由得让我想到自己所从事的工作。《百家讲坛》于我，就如同那些初入医学领域的年轻医生。他们参与病人的救治，是学习，是盲目的照单全收的学习。而那些能够质疑大师们讲述的，就是我们长期在临床工作中摸爬滚打，练就了一双火眼金睛的资深医生。我们会轻而易举地将救治中的当与不当尽收眼底，除非您治疗上没有瑕疵，如果有，则很难逃过我们的眼睛。故此，作为一名懵懂无知的求知者，一个只会看热闹，只会照单全收的门外汉，能因此得到堪称大师的关注批评，岂不是幸之又幸？

我不否认，大师们的水平，就像矗立于森林中的大树，高矮粗细各不相同。观众的审美、情趣、好恶，更是五花八门，因此，众口难调在所难免。但是，就我个人而言，《百家讲坛》的诸位教授，就像天上的太阳，而我，就像逐日的夸父。如果要说不同，那就是我对栏目和教授们的敬仰。

数年来我一直执着地追随着《百家讲坛》，聆听着诸位教授的精彩讲述。我之所以追逐，是因为喜爱，我之所以追逐，是因为敬仰。

2011 年 3 月 8 日

原载于“一起写”网站

“择婿”随想

您问《西游记》中的四个人吗？ 嘻嘻……我虽然已经步入所谓的“剩女”行列，但是您这样问我，我还是会觉得脸红，很难为情。

不过，我首先声明，我成为剩女可不是因为自己窝囊，恰恰相反，是因为本姑娘太过优秀。我一路走过来，披荆斩棘，过五关斩六将，通过中考高考进入名校，之后考研考博，成为同龄人中的佼佼者。正当我感慨欣慰尽享成功喜悦之时，却已经年过而立。再回头看那些跟我一同起跑，被我远远甩在后面的同龄人，他们几乎全都结婚生子为人父为人母了。真是受不了，急什么急什么啊！埋怨归埋怨，可话又说回来，就他们那样一群不求上进的家伙，就是哭着喊着上赶着求我，本姑娘也绝对不会嫁给他们。您问当初他们有没有看上我追求我的？虽然没有，那也是因为觉得配不上我，怕遭拒绝面子上过不去，没好意思说出来罢了。

什么？赶快切入正题？嘻嘻……说实在的，《西游记》中的这几个人都是成功人士不假，可那三位的相貌生得也太寒碜了点。虽然说以貌取人不好，可谁不想自己的那位才貌双全呢？还好，唐先生不错，知识渊博，志向高远，涵养极佳，人也生得眉清目秀，又是说话算数的大老板。不过，我还是有点不放心，他是不是有什么不为人知的毛病？如果没有，这么好的条件，又有那么多美女追他，他怎么到现在还不结婚呢？您笑什么？您说他是和尚不想跟本姑娘结婚？您这就前后矛盾了，他不结婚您不把他排除在外，还让本姑娘选什么选啊？！

您没让我选？您明明说是在他们4个中选的嘛！好了好了，别说他不愿跟本姑娘结婚，就是他愿意，本姑娘也得考虑考虑。他有什么好？肉眼凡胎木木讷讷一根筋捅到底，徒弟都认出是妖精了，他非但认不出来，还在中间胡搅蛮缠。就说人家孙悟空，为了救他可遭大罪了，他非但不领情，还动辄念紧箍咒害他，什么人啊！

平心而论，还是孙悟空好。好就好在他火眼金睛，能腾云驾雾，会七十二变，能看穿妖魔鬼怪，一个跟头能翻出十万八千里，金箍棒能大能小能长能短。他聪明伶俐、忠诚勇敢、疾恶如仇、刚直不阿。虽然有些桀骜不驯，不服管教，但是能挑大梁，能干大事。虽说比唐先生丑了些，可也是咱祖先的模样。但话说回来，这人能耐实在太大，欠缺圆滑，锋芒太露，又习惯信马由缰，我行我素。但凭他那火眼金睛，好说实话，不留情面，像在唐氏集团时那样，老板说方他说是圆，老板说好他说是坏，老板说是美女他非说是妖精，不听劝阻抡棒便打就不得了。除非他运气好碰上个贤明的领导，要不，谁愿意找不利落，要他这样连天宫都敢闹的下属？他若找不着工作，再成了宅男，我不得养他一辈子啊，那可就惨了！再说，他还那么冥顽不化，不晓得接近女色，不知道讨好女人，动辄抓耳挠腮吹胡子瞪眼，弄不好再金箍棒一抡……老天爷，趁早作罢。

您别笑我，这么说来就剩悟能和悟净了。

悟能先生倒也不错。他性情温和，憨厚幽默，力气大，嘴巴甜。尤其是对女性，知冷知热，体贴入微。他虽然贪吃、贪睡、贪财、贪功、好打小报告，有时候还偷点小懒打个退堂鼓，但这并非全是缺点。吃饭睡觉是生存必不可少的生理需求，更何况民以食为天，休息也是为了更好地工作，贪点没什么不对；贪财只要取之有道也属正常；人家有功，咱也不能要求人家做无名英雄；打个小报告有利于跟领导沟通，对提升只有好处没有坏处；偶尔偷点小懒打个退堂鼓也算不了什么大毛病。要不如今的女孩儿都满大街嚷嚷，要嫁就嫁猪八戒嘛！但是，看问题切忌片面，这家伙在本姑娘看来，可有着一个致命的不容忽视的弱点。您问什么弱点？好色啊！而且还色得不轻！他出道之前便有调戏嫦娥的前科；被贬下界后不思悔改，先是招赘于卯二姐家；卯二姐死后，又一厢情愿硬要做高老庄的女婿；取经路上看见美女更是拔不动腿……就这样花心的家伙，您说敢嫁吗？虽然有些女孩满大街吆喝，要嫁就嫁猪八戒。但在本姑娘看来，他贪吃贪睡也就罢了，那些贪财贪功好打小报告的毛病，是违背做人原则的，本姑娘也很不喜欢。

依我看还是悟净先生最好，他既不像孙悟空那么桀骜不驯不服管教，也不像猪八戒那样懒惰世故好色花心。他踏踏实实、任劳任怨、有事业心、有责任感、不朝三暮四、不见异思迁。当年唐氏集团若是没有他的加盟，没有这位哥哥在里面协调关系化解矛盾，甭说取经修成正果，保不准早就四散而去半途而废了！

什么？我理解错了题目？您没让我说这么多废话？您怎么不早说……

2011年4月18日

原载于“一起写”网站

和雪嗅梅

院中景色很好，我却极少在此散步。那天是个例外，或许因为嗅到了些许春的气息。雪正消融，空气很清新，没有一丝尘埃，如同我此时的心境。

我独自散漫地踯躅，任由如烟的思绪随风飘荡。这个建设得越来越美丽的医院，是我深爱着的、赖以生存并为之奉献了青春年华的地方。这所始建于 20 世纪 60 年代中期的疗养院，即将步入知天命之年。我无法详述这是怎样的 50 年，因为这是一群作为开创者、奋斗者的共同的岁月，他们中间的绝大多数在此度过或即将度过整个的职业生涯，其中的苦辣酸甜、喜悦悲伤、得失荣辱，只有亲历者才最清楚。

曾有人说，故乡是母亲、是根、是精神、是灵魂，也是爱人。作为其中一员，医院于我、于我们，已亲如故乡。

近些年，医院逐渐走出逆境，有了飞跃发展。时至今日，已经由单纯的慢性病疗养发展成集医疗、预防、康复、休养、教学、科研、培训、职业病防治于一体的现代综合性医院。前后对比，已不可同日而语。不仅外表是，内涵也是。

此时，一阵清香袭来，将思绪拉回至眼前。我四下张望着找寻，几株寒梅悄然映入眼帘。细细端详，这几株梅一水儿清瘦，素淡的花儿开了满树，散发出淡淡的似有若无的幽香。梅的清瘦与花儿的素淡相得益彰，衬托着梅的骨感、秀丽和端庄。一阵寒风袭来，花枝顺势而动，随风摇曳。那唯美的舞姿和坦荡的神情，平添了一份睿智和不辱报春使命的决绝。

任何成长都不会一帆风顺，有低谷更有险滩，遭遇困境在所难免，谁也无力改变。能顺势而为，化腐朽为神奇，引领其走出逆境的，是智者。

古往今来，梅以其独有的魅力，任由文人墨客吟咏、描画，任由他们随心而发，传友情、寄相思、颂节操、励斗志、明志向。或歌或哭，或吟或唱。有“闲折一枝和雪嗅……特地起愁肠”的思恋和凄凉，也有“已是黄昏独自愁，更著风和雨”的落寞和惆怅，更有“待到山花烂漫时，她在丛中笑”的胸怀和理想。可谓一千个人就有一千株梅，一千株梅就有一千缕情愫与遐想。

我喜爱梅花，是因为它不事张扬的沉静。它的静能让人有足够空间放飞思绪，穿越百年千年。一如此时没有丝毫嘈杂人声，天人合一的沉静。然而，这里毕竟是医院，它的静谧只是瞬间抑或是意境使然。这种沉静的感觉从何而来？是文化？是修养？是理性？

医院在一代代煤疗人手中，完成了从建立到发展的漫长历程。作为奋斗者，他们的世界是付出，是奉献；他们的职责是疗愈，是救治。他们一丝不苟、无悔无怨，他们在举手投足间折射着温暖。他们谨遵“健康所系，性命之托，神圣不可违背”的誓言，长年累月忙碌于病人床前，无论白天黑夜，酷暑严寒；他们把握着病人生命的每一息律动，与死神较量，与病魔争斗。用精湛的医术和柔和的态度，守护生命，抚慰痛苦。以宽厚的仁心，无疆的大爱，营造出一个温馨的港湾，毁誉一肩扛，荣辱寸心知。

一花引来百花开，是用来形容寒梅的。众人皆醉我独醒，则应该是领导者需要具备的特质。言词迥异，却异曲同工。睿智的领导者总要怀有一份警醒，只有这样，才不会偏离原则和立场。只有在警醒中，才能保持一种飞翔的高度；唯有在警醒中，才能当好舵手，完成引领大任。寒梅懂，我们的领导者懂。他们不仅懂，而且正在成功地践行。

寒梅有如先知般睿智，能够感知早春的第一缕气息。有此等睿智，总会令人肃然起敬。

寒梅准确地感知着春的气息，在料峭春寒中从容绽放，绽放……将春的消息静静地传送，如同携带了优美旋律，随着那缕缕清香幽幽弥散，一切沉睡的物种被轻轻唤醒。在它的引领下，春意渐渐变浓，花香渐渐变浓，一个美好的季节就这样被催生。

2013 年 4 月 19 日

原载于山东泰安煤矿医院网站

追忆花季

2014 年 5 月 18 日是淄博七中十四级一班毕业 40 周年同学聚会的日子。随着这天的临近，那些尘封于脑海里的有关青春的记忆不断浮现出来。

这些青春时节的记忆，经历岁月的侵蚀，虽然已经变得斑驳模糊，能记下的，原本无多，却又是一些寻常得不能再寻常的事儿。然而，今天品味起来，竟觉得非常美好。这或许因为我们品味的不是寻常本身，而是由寻常堆积起的我们亮丽的青春花季。

岁月匆匆，距离上次相聚已过去整整 10 年。当我们再次停下脚步，驻足回眸时，我们已是年逾花甲的年纪。能在这花甲之年对花季再作一次回眸，对引领我们走过花季的老师道一声安好，再次回望一下我们这个群体共同的往昔，了却一些对彼此的挂牵，成就一段美好的记忆，这应该就是我们再次相聚的意义。

不论是一个国家，一个民族，还是一个群体的历史，都是由大大小小无数个瞬间集合而成的。在某种意义上，我们是在书写历史，书写属于我们整个群体的历史，这其中有他，有我，有你。

我很想知道，15 岁的某日，我们当中的每一位同学接到入学通知书的情景；我很想了解，每一位同学入学第一天的心情；我很想倾听，同学们毕业时道别彼此，各奔东西的感受。

我想看校园中那一排排教室，想亲近教室里那一排排桌椅，想坐在课桌前聆听老师的教诲，想抚摸不经意间涂鸦过的墙壁。

组委会同学们辛苦的付出，让我们梦想成真，得以在毕业 40 年后重返母校，寻找遗失在这儿的碎银般的记忆。

然而，时代变迁，我们熟悉的校园、熟悉的教室、熟悉的宿舍、熟悉的敲钟人……连同我们都被遗失在了往昔的时光里。古旧的校园，已被彻底改造，寻找无法继续。留下的，只有我们这群寻梦人的行色匆匆和声声叹息。

学校的管理者啊，为什么不留住一些供我们怀旧的痕迹？

幸好岁月流年，已将它酿成了醇厚的酒浆，深深封存于我们的记忆里。夜来幽梦忽归时，在校园，在教室，在操场，看风拂过校园长满苔草的墙壁，观花儿铅华褪尽成就桃李，读你背诵时投入的脸庞，赏你信笔涂鸦的文字，倾听你朗朗悦耳的读书声，陪伴你在文字、公式、ABCD 中游历，尽情分享青春季节里那一个个难忘的日子。

岁月流淌出的细节连同我们的青春被岁月掩埋，决绝而又彻底，绝无重来的奇迹。然而，40 年后，39 名花甲之人，能够相约而至，重温旧梦，已经是个奇迹。

以前，经常把怀旧戏称为早老症。而今，我们中的绝大多数，已经离开工作岗位回归家庭。我们的儿女们，已经成家立业。我们正在步入老年期。我们正在完成最后一项甜蜜的事业，而后颐养天年。

俄国作家果戈理善于讽刺，他曾写道：“一对老年夫妇半夜醒来说：‘要不，咱们再尝尝黄蘑菇？’”他对世界或许有些悲观，抑或是在自嘲。但这也许是夕阳人生最真实的写照，我们总有一天会步入只剩下吃的年纪。然而，民以食为天，这也许是我们奋斗一生而获得的生存的最高境界，我们终于可以有大把的光阴郊中野坐，经里闲谈，赏烟霞湖色，闻荃蕙结芳，尽情地大快朵颐……

止笔前，我还要提醒大家，除此之外，一定不要忘记相互联系。

2014 年 05 月 22 日

新老师

这日，同学群里有人发了一首歌，我点开一听，是首极其熟悉的老歌。“雄伟的井冈山，八一军旗红，开天辟地第一回，人民有了子弟兵……”

这旋律太熟悉太亲切了，它似乎带了一种穿透时空的魔力，将我一下子带回到读小学的日子。它不但令我想起了陈老师，想起了他教我们这首歌时的情景，更令我想起了陈老师初来我们小学任教时的一些往事。

在小学二年级暑假开学前夕，正在同学家玩耍的我们，忽闻学校来了新老师。

这里说的暑假，其实是麦假。那时不但有麦假还有秋假。这两个假期，应该跟现在的假期在时间节点上是有差异的。我想那时的假期，或许是为了农忙才放的，是为了让孩子们帮忙干些力所能及的农活也未可知。

新老师到来的消息，对我们来说算是爆炸性新闻。我忘记当时是怎样得知这一消息的了，只记得听闻来了新老师时的喜悦和激动。好奇心作祟，我们急于一睹新老师的风采，便一窝蜂奔跑着去了学校。

假期中的校园，寂静而又安详，静悄悄了无声息。少了我们这些喜欢拈花惹草的小人儿，靠近校园南端的指甲桃、太阳花，较之我们在校期间茁壮了许多，开得一片灿烂。校园西侧的那个乒乓球台，是用砖块搭建，用水泥抹过了的。在这午后的阳光里泛着耀眼的光芒。

搁在平时，下课后最拥挤的便是这里，我们会排起长长的队伍等待着。一般来说，我们的球技大多都挡不过三拍子。像我这样的，多半一个球都接不住，就会败下阵来，但对它的兴致却丝毫不减。10 分钟的一个课间，轮不上一遭两遭，就结束了。

那时的我，还是挺喜欢体育的。小时候玩的那些譬如踢毽子、掷沙包、跳房、打球（小皮球）……虽然这些搁在体育运动里，不太入流，我在这些方面的技艺，与一起玩耍的小伙伴相比，即便排不到一二，也绝非三流。

然而，眼见着身边的同学噌噌往高里蹿，我却依旧瘦弱矮小，一副“青黄不接”的模样。小学时，我最矮，不是排头就是排尾，都五年级了，依然没什么长进。

或许大人们不会理解，在一个群体里，个子小也会造成孩子的精神负担。高个子的同学被选去打篮球了，我个子小，只有一旁看着的份儿。更因为体育课需要排队，我个头矮，总排在最前面。跑步时，老师还总喊跑快些、跑快些。渐渐的，我开始不喜欢体育课了，很不喜欢。

这所小学是由徐家村家庙改造而成。校门朝向东方，建造考究。两扇厚重的门，彰显着它的庄严。进入院内，一条青砖铺就，高出地面几厘米的道路向西延伸，至院子三分之一处，直角拐成南北走向。它以三分的比例，将院落一分为二。西侧占三分之二，东侧占三分之一。坐北朝南的两处房子也如此，西侧的是东侧的两倍。尤其是东侧的那间教室，与百姓们生活起居的农舍截然不同，一水儿砖瓦到顶的结构，高大而又庄严。看族谱才知道，真正的祖庙，仅为学校东侧建筑考究的这间。西侧三分之二面积上的房屋，乃1938年加建。中华人民共和国成立后，随着学生的增多，学校便在祖庙粗大的房梁之间放置了木板，将平时供奉的祖宗牌位请到了上面。坐进这间教室，偶尔向上望一眼，就像望见了先人们盯视我们的眼睛，有些瘆人。西侧这边，房屋分为大小三间：大的宽大，小的狭长。中间那间宽大的，是我们一二年级的教室；东侧一间，是老师们的办公之所；西侧一间，居住着拖家带口的于老师。她带一个男孩，比我们稍小。靠近校门的南端，是一间低矮的房屋，猜是当年祖庙看门人的居所。

我们蹑手蹑脚向办公室靠近。办公室的门是虚掩着的，我们悄悄地挤上前去，从门缝朝里窥视。于叽叽喳喳你推我搡之下，门被撞到，忽然“吱”地响了一声，将聚精会神收拾书籍的新老师吓了一跳。他猛然回转身来，向门外观望着问道：“谁啊？”

犹如惊弓之鸟的我们，四散而逃，一口气逃出了校门。

也就是在随着门响到逃离的这一瞬间，我们看清了新老师的长相。这时的我们，已经知道以貌取人。见新老师小小的个子，长得又黑，一脸的络腮胡须（可能这日未刮胡须），感到非常失望。一个个且逃且唉声叹气，表示着对他长相的不满。

同学的母亲见我们气喘吁吁地跑了回来，抬头瞥我们一眼，随口问道：“你们的新老师长什么样啊？”

她的那个说话语速极快的女儿抢先答道：“一点也不好，一脸头发。”

麦假结束了，我们回到了校园。在第一天放学排队时，这位长相遭我们嫌弃的新老师，冲着我来到队伍的最后，弯下身来，问我叫什么名字，几岁了。

新老师姓陈名在田，好像在他来到学校后，于老师调去了别处。

然而，他跟此前教过我们的于老师一样，课堂上听写生字时，喜欢站在我的课桌前面，看着我写完了，才会再念第二个。最后，就以我的为标准答案，批改别人的卷子。不光是听写，课堂上做题，他也会盯着我。写得不对了，他会立刻指着让我纠正。此后的任何事情，他都护着我，不管对错。就这样一位凡事都宠我的老师，我竟然只记得他的来，记不得他的去。对他离开后去了哪里，更是一无所知。是忘记了吗？谁知道。童年的我糊涂如是。

随着年龄不断增加，偶尔在某个时刻，心中会忽然点亮我对他的一些回忆，心底不免泛起一丝对他的思念。

前几日，我有幸遇见当年我的另一位老师。寒暄过后，我向他打听陈老师，这才获悉陈老师的一些情况。他告诉我，陈老师乃青州人，当初求学时，学的是俄语专业。毕业时赶上中俄关系恶化，才被分配到我们小学任教的。问及陈老师的年纪，他说大概跟我的父亲同龄。

这时，我的父亲已经离世许多年。青州离我们不远，我却没了打听下去的勇气，我害怕坏消息。

或许我跟老师的缘分，就那么浅。他作为园丁，辛勤耕耘数十载，桃李满天下。能为他园丁生涯增光添彩的大有人在，一定不差一个毫无建树者对他的问候。就让这份美好，作为我对他的思念，长久地存于心底吧。

写于 2014 年 6 月 1 日

修改于 2021 年 8 月 15 日

骑行

昨天出门时，太阳已收敛锋芒，柔和了许多，但也不是夕阳，似是介于两者之间的模样。

这个时段外出，还是骑行，真是破天荒。

我的这辆小小的变速车子，已经被我冷落许多年了。骑车技术原本不佳，一直没能达到炉火纯青的地步，许久不骑，这会儿骑上去不免有些紧张。

说来惭愧，炉火纯青这词，似乎与我无缘。回想一下，一生中，我好像没有什么技艺是炉火纯青的。即便自己辛勤耕耘了数十载的医学专业，也称不上炉火纯青。与上级医院的老师们相比，还是有很大差距的。因此，我明白了一个道理，想要达到顶尖水平，首先要具备入职顶尖医疗机构的能力。因为，不论技术水平还是学习氛围，还是医院对于疾病的收治范围，上级医院都与基层医院有着极大的差距。

其实，我从很小就会骑车了。那时候还是在父亲下班后，用他的小金鹿自行车学会的。但是学会以后，只会乖乖地骑来骑去。不像我的孩子，学会以后，就会在行进中做飞翔状。我虽然骂了他，却也得承认他比我强。我车技虽然差，也算比上不足比下有余。据说，我们村子里的一位大爷，骑在车子上是不跟人打招呼的。究其原因，是说话跟骑车子，不能同时进行，同步了就会摔倒在地。

虽然，孩子的骑车技术比我强出一截，离炉火纯青也是有很大距离的。毕竟炉火纯青，是需要付出长期的艰苦卓绝训练才能达到。所以，能登峰造极者凤毛麟角。倘若人人都能达到这样的高度，或许也会被视为平常，没那么令人仰慕了。

路遇一队队放学归来的中学生，倍感亲切。他们呼啸而过的瞬间，让我感受到的，不止是一种朝气蓬勃的青春活力，更是一种蓦然袭上心头的似曾相识。或者说，在他们的带动下，穿越了。因为从他们那里，似乎看到了自己孩子的身影。曾几何时，他也是这个年纪，也是这身装束，也是骑着这样的单车。多少次在我的目送中离开，又在我的期盼中归来。太亲切了，亲切得令我感动。这种感觉，包含了许许多多不可言喻的美好，非常怀念。

骑行到太公湖畔停留，太阳的色彩涂染于桥墩，现出宫殿般的金碧辉煌；涂染于树梢，呈现出浓浓的金秋色彩；涂染于天际，呈现出的色彩更加耐人寻味。它绚烂着，像青年人心中的理想，像中年人怀揣的希望。

太公湖的前身，是那条叫作淄河的河流。随自然环境的改变，它已经断流近 40 年了。后几经治理，这条断流的古河道，被注水、被改造。沿河正被打造成休闲度假的风景带，相信它的未来会越来越美好。

即便如此，心依旧沉沉的。因为此时让我想到的是随着年龄的增加而日渐衰弱的身体。这之前，我们曾驱车到达这条河流上游的太河水库，见到的只有干涸的库底。周边树木也干瘦枯黄，像是过了生育年纪的老妇，怎还奢望她分泌出哺育的乳汁。看到这些，心中五味杂陈，不胜忧伤，却无计可施。这一刻，我深深体会到了渺小一词的含义，也懂得了诗人“吾辈空怀畎亩忧”的慨叹。

当年，城区段的河堤是做过防渗漏处理的。此后，才将水从太河水库引了过来。这几年，城区段的这一人工湖泊，接纳着一些来自工厂处理过的废水，以此补给湖区的水量。虽然当年给它注水的库区，眼下是干涸的，这儿却一直保有着一定的水量。远远望去，湖水清湛。湖心岛上的柳树柔眉秀目，清旷不染纤尘，与平静的湖面构成了一幅岁月静好的迷人画卷。

此时，一轮红日正缓缓落下，增添了一抹惋惜和惆怅。然而，正如诗人所言："人事有代谢，往来成古今。"这一缕夕阳的消隐，意味着下一轮日出的到来，那将又是美好的一天。

夕阳隐去最后一抹余晖，湖边的路灯亮起，它将与月亮一起，守候这漫漫长夜，等待下一轮红日的闪亮登场。

2015 年 3 月 28 日

纽约啊，纽约

十点钟我们一家开车出发了，去往纽约。来到乘车的小站RERITAN。这小站静悄悄的，人很少，连工作人员也没看到，与国内的火车站相比，不知怎样形容它的冷清。

艳儿送下我们，和小E去体验钢琴课了。

儿子在自动售票机上购买了车票，之后陆陆续续来了三两个乘车的人，也在上面买了票。

我们买的是11点17分的票，15美金一张，火车上人少，很清静。

火车启动后，有乘务员来检票了。快到纽约时，列车不是在河上行驶，就是在地下隧道穿行。

或许是圣诞节前夕的缘故，到达纽约再看，老天爷，大街上车水马龙，人山人海，拥挤不堪。

整座城飘溢着比萨饼的香气，民以食为天实在是至理名言，在这里更能得到充分的诠释。

车将整条街道拥堵起来，缓慢地向前爬行，与行色匆匆的人相比，更像是龟兔赛跑中慢吞吞的乌龟先生。红绿灯不时变换着，权威性却大打折扣，红灯时马路中央依旧排着长龙，不知道警察该如何执法才算公正。

儿子说上次开车过来，步行20分钟的路程，开车却用了1个小时。

我们来到帝国大厦，买了门票，随人流鱼贯而入。在入口处每个人领了一个导游耳机，可调换中文、日文等各国语言。戴上耳机，听着介绍，往前行进。

据介绍，帝国大厦始建于 1929 年。在那个年代，建筑物有电梯的少之又少，帝国大厦的电梯却能到达 80 层，实在是那个年代的奇迹，令人震惊不已。

我们乘电梯来到 86 层，俯视整座城市，中心的部分是曼哈顿区，是美国的政治经济中心，也是中央商务区所在地。它的四周被河流玉带般环绕着。原本以为环绕它的是哈德逊河，回家查了才知道，簇拥它的还有东河和哈莱姆河两条河流。这也是我所见的美国与我们国家不同的地方。在美国，我没去过别的地方，不知晓其他地域，是否也河流纵横。但在纽约、新泽西至华盛顿这些区域，沿途可见数条河流，有的河流，我虽然叫不上它们的名字，但每一条都水量充沛，宽阔无比。

这座被公认为寸土寸金的城，拥挤便成了它的特色。我在想，论拥挤，即便是 14 亿人口的我国，也没有哪座城能与之相比。

街道上人流密集，车辆通行不畅。时代广场的拥挤，应该用“更”来形容。这儿霓虹璀璨闪烁迷离，穷人、富人，身着圣诞或者自由女神服饰的、无家可归的，绘画、演唱的街头艺人，各色人等，好不热闹。最让人无语的，是有将蟒蛇作为宠物带上街头的奇葩先生，儿子知道我最怕什么，在我即将碰到它的瞬间，一把将我拉开，我目光收回时的一瞥，将发着吱吱声响的蟒蛇尽收眼底，顿时惊出一身冷汗，心跳不止。

热闹的地儿还有梅西百货。这处原本热闹非凡的地方，因为推出的以圣诞为主题的富丽堂皇的装饰，更是引来了众多的参观者。据说外面橱窗里的装饰用了新科技，才被围得里三层外三层。人人手中举着相机或手机。但进入自己镜头的并非是自己想拍的，而是一群无法避开的陌生面孔。谁闯入了谁的镜头，谁成为谁的风景，均无定数，又皆有可能。

哎，纽约啊，纽约！

2015 年 12 月 12 日

佛罗里达之旅

这天晚上，是小 E 学校组织活动，出发时没看出天气有什么异样。因活动很热闹，没人留意窗外的天气变化。散场后一出门，才发现下雪了。大朵大朵的雪花随着凛冽的寒风，密集地飞舞着。它用洁白将整个新泽西厚厚地包裹起来。在它的包裹下，好的坏的，已难以分辨。看上去只有一水儿的圣洁。除非您有孙悟空的火眼金睛，不然再难识别。

我心中不免惴惴不安，担心因大雪造成的交通不便，影响到明日外出旅游的行程。

第二天清晨，我早早起床，推门去院中观看。老天爷，这真叫大雪封门了，积雪的厚度十二英寸（官方报道）只多不少。这会儿雪下得小多了，一副懒洋洋，有一搭无一搭的模样，像是一夜狂舞，有些精疲力竭了。孩子们也欣喜不已，还在自家院中堆了雪人和一个洁白的沙发。

吃过午饭，我们一家人驱车外出，从新泽西赶往费城机场。出门后才发现，道路上不见丝毫积雪，雪纤尘不染地齐整整立于道路两边的草坪上。我有些惊讶，如此多的积雪，不知道动用了什么，才令它们离开道路，分置两旁。

冬季夜长漫漫，白昼却极短。我们从费城登机时，天已经黑了下来。登机后，经过三个小时的飞行，我们从冰天雪地的新泽西，到了亚热带的佛罗里达。

孩子们在机场取了早已租好的车子，去往宾馆。

宾馆是那种家庭式的，厨具一应俱全，可以自行开火烧饭。然而，旅途毕竟是旅途，再不紧张的行程，也会令人感到疲倦，每天还是走到哪儿吃到哪儿了。宾馆的厨具，基本没有动过。值得一提的是这儿有个自助餐厅，与新泽西名叫火焰烧的自助餐厅大致相仿，食物中西兼有，但以中式为主，很不错。或许也是我们中国人开的。

平时，常听人说四季如春，我特别向往去一处这样的地方。对眼下的梦想成真，很有些兴奋。但此时的佛罗里达，虽然是温暖的，却不是春天的气象。用冬季如秋来形容倒是更加的贴切。室外气温在二十度以上，我们脱去羽绒服，换上了秋装。

再看野外，北方移栽过来的植物，除少数树木的叶子落尽，众多的树木被浸染了秋色，红黄绿三色相兼，现出烂漫缤纷的色彩。只有被北方人种在花盆里观赏的植物，诸如铁树、棕榈等，依旧繁茂生长着，叶片碧绿碧绿，充满着勃勃生机。这些当地植物，开花的开花，结果的结果，大片的橘林里，挂满了橙色的诱惑。

一方水土养一方人，一方水土也养育着一方的草木。坐在车里，看着车窗外匆匆掠过的景色，发现这里不论花草还是树木，都小了北方一圈。它们比之北方浓眉大眼的俊朗，有的是南方小鼻子小眼的清秀。路旁植被众多，松枝稀疏，却透着精明。叶片染了秋色，也瘦弱清丽，像身着华衣锦服的娇小美妇。而在这个季节里脱光叶片的，也是从北方移居此地的，它们被同化了的，是单薄的身躯，保留下来的，是秋季落叶的习俗。最茂盛的要属斑竹和椰树，竹虽婀娜清瘦，但个头巨高，青翠欲滴。椰树则株株身型匀称，有的还姊妹并生，两株同处一地，双胞胎般亭亭玉立，秀色可餐。它们像是深谙黄金分割一般，株株光彩照人。还有一种树，虽然矮矮胖胖的，像矬矬的人儿顶着硕大的脑袋，但依然有南方水土赋予的清秀。它们连同繁茂生长的棕榈、椰树，应该才是这儿土生土长的。

我们一路前行，一路欣赏着路旁不断变换着的景色，游历了几处主旨公园，看过数场特色表演后，来到了佛罗里达大沼泽公园。

听到公园这词，就觉得它很小儿科的话，您绝对错了。如果您没到过、听过、看过，它的宽广您是很难想象的。

据介绍，它的中央是一条深不及膝，却有50英里宽的河流，缓缓流淌着穿过广袤的平原，散漫绵延成1965平方千米的沼泽之地。

李斯曾说："泰山不让土壤，故能成其大；河海不择细流，故能就其深。"就这片大沼泽而言，它不但成其大，更成其浅。正因为它的大和浅，才有了集万千植被于一体的繁茂，才有了万千生物栖息于斯的神奇。

极目远眺，一望无垠的莎草生机勃发，硬木群落镶嵌其间，看上去古朴典雅，起起伏伏，高高低低，深深浅浅，像极了一幅美丽的画卷。即便艺术家才高八斗，也难以添减一笔。

我被这片硬木群落深深吸引，情不自禁地放慢脚步，在此徘徊，多看一眼再看一眼，心底泛起的是一种"读你千遍也不厌倦"的执念。

品赏之余，突然觉得这大片的林木，具备了原始森林的特质。我望着这片林木，心中默念着称得上原始森林的必要条件。我发现那些树干上布满了斑驳苔藓，地面上覆盖了腐殖质，树干和枝条上有藤类植物缠绕，林木间随处可见自然歪倒的树木，这些作为原始森林该具备的条件它一样不缺。我心中又生出一种走进这片林木的冲动。然而，这儿毕竟是沼泽，在那些覆盖地面的腐殖质间隙，树木根部的水清晰可见，我只能行走于木栈道上细品静观。

我发现太多的树木被藤类植物缠绕，或许因为寄生者太过繁茂，许多树木被纠缠致死，成为寄生者爬向高处的支撑。这些寄生者啊，真不招喜，说它们什么才好，是过河拆桥？还是白骨精吸血鬼更加贴切？

看来不论是人类还是植被，和平共处都需要双方来共同维护。面对挑衅者，一味地隐忍退让，实无可取之处。我很想将几句流传甚广的话，告诉这些被藤类缠绕的奄奄一息的树木："善良也要有点锋芒。""忍无可忍，便无须再忍。"

刚进入大沼泽时，从车窗可见高高低低的树上有许多鸟巢，还跟我们家小 E 讨论鸟类做窝的话题，还猜鸟儿中有没有专职做窝的能工巧匠，有的话，鸟儿们拿什么买，是虫还是米？这会儿驻足细观，才发现那根本就不是什么鸟巢，也是一种寄生植物。它们一丛丛寄生于树木的枝枝丫丫，叶子很像兰草。它们虽然对树木有害无益，看上去倒也美观。

我们离开这片硬木群落，来到一处一望无垠，生长着莎草的开阔地带。在这儿租了自行车，沿一条供游人骑行的道路前行。阳光灿烂，为大沼泽披上了金光。来这儿的人原本不多，且绝大多数选择了缆车，故此，路上少见行人，就我们一家，颇有"前不见古人，后不见来者"的意味。

小 E 虽然只有 6 岁，却有一股不服输的劲头，像一匹脱缰的小马驹，飞奔向前。

骑行一小时后，依然看不到尽头，只好原路返回。如果说，前行时只顾着追赶小 E，返程则轻松了许多。我们不时驻足，边拍照边观察路边的动物。比起其他动物，趴在路边的鳄鱼最多。它们是厌倦了待在水中，还是喜欢明媚的阳光，不知道它们何时从水中爬到了路旁，心安理得地卧于阳光之下，一动不动，猜不出它们是睡是醒，还是半睡半醒。对走近身边的行人，听而不闻，视而不见。

两只乌龟，一大一小前后排开，卧于水中，一如路旁的鳄鱼，不移动丝毫。立于路旁的鸟儿，个头很大，叫不出名字，个个都舒展着翅膀，淡定如入无人之境，看着立于身旁的我们，无惊无喜，默然而立，无动于衷。

一小时车程，在路旁看到九条鳄鱼，两只乌龟，数只停于路旁的鸟儿。这些家伙都淡定泰然，对于近在咫尺的我们无丝毫惧怕，沉默着保持一种不变的姿态，不知是高傲，还是在思考难解的哲学问题。

一周的旅行很快过去了。这天我们回到家中，再看出行前孩子们堆的雪人和沙发，已化作春水。猜它是渗入泥土，或是汇入小溪，或奔向河海，以另一种面目示人，以另一种方式去行使润泽的使命，只是变得相见不相识了。那些尚未消融的残雪被尘埃玷污了。即便飘落在僻静之地的，也只有程度的差异罢了。它们匆匆来去尚且如此，又何况在尘世间摸爬滚打的人呢。所以才有了圣洁心灵、纯化灵魂的愿望和追求，才有了用生命捍卫灵魂不被玷污的圣人，才有了为崇高而奋斗的先驱，才有了摒弃私欲一心利他的榜样。

2016 年 2 月 5 日

拜谒海明威故居

我们从大沼泽出来，沿美国一号公路前行。第二天去往美国最南端的小镇基韦斯特，在这里拜谒了一代文豪海明威的故居。

这条被称为美国最美公路的一号公路，将辽阔的大西洋和湛蓝色的墨西哥湾一劈为二，一侧为大西洋一侧为墨西哥湾。它的建成，实现了将散落在太平洋沿岸的珍珠般小镇连接在一起的梦想。

据说基韦斯特在美国不长的历史中算是一座古老之城，最初聚集于此的各色人等，以探险者、捕捞者、雪茄匠人、小说家居多，是佛罗里达人口最密集的地方。

当时被称为实业巨子的亨利·弗拉格勒，花巨资在此修建了一条铁路，修建中无数次遭遇飓风袭击，铁路被破坏被摧毁，过程可谓艰苦卓绝。204 千米的长度，用了漫长的 7 年，可好景不长，便又被破坏殆尽。

随着科技进步，现在的一号公路，从缅因州南达基韦斯特，全长 2000 多千米，有 42 座跨海大桥，其中最长的是被称作七迈桥的，矗立在同样飓风频发的海洋，却固若金汤。如此看来，矗立在风口浪尖上的，如果不能集勇敢与智慧于一身，终将难逃厄运，不管是物是人。海上那处桥的残端，是否是当年那段铁路的遗迹，我只是妄自猜度罢了。

从车窗里，我一直注视着风平浪静的大海，在一处路边，它就像自家门前的沟渠一般，水面几乎与路面平着，却不越雷池一步，友善得像邻居大妈，让人无法将它与狂暴相提并论，就像你没有深交过的人，凭着对他不深的了解，永远无法窥透他的内心一样。

海明威故居建于1851年，坐落于这座小城的白头街。这处房舍是老海（当地人这么称呼）1931年购得，至今已有160余年。从表面看，与普通民居没什么两样，在这里却成就了无数旷世传奇。

街对面灯塔上的灯光，不仅指引着海上船只的航行，也指引着醉酒后的海明威回家的方向。我望着这高耸的灯塔，四下寻觅着老海生前最爱去的那家酒吧，想象着他醉酒时的样子，不禁哑然失笑。待我回过神来，见儿子已经买好了门票，便追着他来到了老海的门前。

进入庭院，沿一条不长的石板路进入主楼。这么多年过去，房内的摆设与当年老海居住时一般无二，只是人去楼空。留下的是后人整理陈列起来的照片、旧物、奖章、获奖证书等。

他的卧室，依旧保持着他当年居住时的模样。床铺上依然卧着一只他喜爱的六脚猫。

当年，搬来基韦斯特的老海，带来了一只被他唤作白雪公主的六脚白猫。这只猫因捕鼠迅捷，被他的船长朋友视为吉祥物，送给了老海。从此，跟随他在基韦斯特定居下来。在此后的二十几年间，随着猫的不断繁衍，它的后代中六个脚趾的不断增多。至今，在老海的故居，仍有一半猫是六个脚趾。

此时，卧于老海床铺的那只猫咪，可否还是他当年养的那只白雪公主的嫡系后代，或许，已经无人知晓。

老海的庭院里，那座露天泳池还在。它虽然难以留住昔日的光彩，却依稀向前来拜谒它主人的游人，讲述着关于它的故事。它能在四周环绕着天然浴场的小岛上诞生，即使搁在当下，或许也算是一种奢侈。那时的老海，生活并不富足。1937年，他奔赴欧洲，投身西班牙内战。在这期间，波琳在院中建了这个游泳池。翌年，老海从战场回来，听波琳说花费了两万美元。老海大吃一惊，他苦笑着从兜中掏出一枚硬币，说："我身边只剩下这枚硬币了，干脆把它也献给你！"遂把它粘在了泳池旁边的地面上。也有人说，泳池是由老海设计，在他参加西班牙内战期间，由他的妻子负责游泳池的建造。到底哪个是真哪个是假，已无从考究，然而，我更愿意相信前者。虽然，他对妻子的爱毋庸置疑，但对于妻子的这份奢侈，有些异议也属正常，毕竟两万美金搁在尚不富足的老海身上，不是小数。他得考虑接下来的生计。他将这枚硬币献给妻子的寻常举动，却穿越时空，留住了一个有趣的故事。这枚硬币，随着岁月流逝，早已显出了老祖母的容颜，却轻易将审视它的我们，拉回到那段过往的岁月里。风尘仆仆的老海和他貌美夫人的身影鲜活起来，我仿佛看到了老海脸上的那抹无奈苦笑的表情。

主楼后面是一座单室二层小楼，楼上是老海当年的工作室，他创作的鼎盛时期是在这儿度过的。他在这里写下了许多文学作品，如《乞力马扎罗的雪》《永别了，武器》《午后之死》《胜利者无所获》《非常青山》《有的和没有的》《第五纵队》《西班牙的土地》，以及《丧钟为谁而鸣》的一部分……这些小说，令他蜚声文坛，将他送达了万古不朽的文学巅峰。

他的作品更成就了他的硬汉形象，他的一生的确多姿多彩，惊心动魄，不辱"硬汉"称号，非洲打过大野兽，墨西哥暖流里捕过大青枪鱼，阿尔卑斯山滑过雪，作为战地记者报道过多次战争，获得过普利策小说奖和诺贝尔文学奖，连同他在61岁以极端方式结束自己生命时的决绝，都不是常人所具有的勇气。如此辉煌的人生，为何选择结束，留给我们的不仅是惋惜，更多的应该是对幸福含义的叩问，以及心理健康重要性的反思。

直到我在看到一篇《你不是一个人在战斗：祖先的记忆在你血脉中流淌》的研究性文章，才恍然大悟。

文章开篇指出："你祖先苦逼的童年或牛逼的冒险，可能会改变你的个性，因为它们会改变你大脑中基因的表观遗传表达。"

海明威于 1899 年生于芝加哥，父亲是一名医生，母亲是一名音乐教师。就在 29 岁的海明威刚刚开始其文学生涯时，他的父亲便自杀身亡。

对于父亲的自杀，年轻时的海明威无法理解，一度认为父亲是个懦夫。然而，在他 61 岁时，却也步父亲后尘，选择了自杀。海明威的死亡，再次拉开了海明威家族自杀悲剧的序幕。在海明威去世 5 年之后，他的妹妹厄休拉•海明威，由于身患癌症和抑郁症，服药自杀；16 年之后，海明威唯一的兄弟莱斯特，也在得知自己因患糖尿病需要截肢后举枪自杀。

或许，遗传学家的研究，能用来解释他们家族的悲剧。然而，他的后代还是最终打破了这个魔咒，健康快乐地生活着。我在想，或许经过数代人不断加入的好的基因，冲淡了遗留在他们基因中的负面表观遗传表达。

书桌上老海用来写就长篇巨著的皇家牌打字机依旧静默地等待着，只是再也等不回自己的主人，一旁的躺椅，似乎也已经做好了准备，等他个海枯石烂地老天荒。

写于 2016 年 2 月 16 日
修改于 2021 年 8 月 8 日

恰同学少年——趣事三则

趣事之一：在校期间，真的是很年轻，拿我妈的话说，年轻的针头不知道针肚。那时虽然穷，爱美之心却一点儿不比现在的年轻人少。有一阵子时兴假领子，就是一个领片，可缝在棉袄领子上的那种。翻出来，可以保护领子不被弄脏，从外表看，里面像穿了件衬衫，漂亮的领子露在外面，很赞。如果是格子的，斜着剪裁，两片从中间一拼，更显俏丽别致。

当时，像我这种又穷手又拙的，想都甭想。李大姐却不然，她年龄大过我们，手又巧（当时是这样认为），又带工资上学，自然是可以的。

大姐做事向来谨慎，先借来一个格子的假领片，又咨询了商场售货员，然后买回二尺格子布料，计划着做两个假领子。布买回来，剪刀、尺子、针线一应俱全。总之是万事俱备，只差比个葫芦画个瓢。不承想，瓢并没那么好画。大姐左比画右比量，甭说做两个，一个都不够。于是开始求援，我们全宿舍的女生轮番上阵，极尽聪明和才智，最后得出结论，布买少了，少得还不是一星半点儿。

趣事之二：在校期间吃食堂，中午的饭菜还是很不错的，可到了晚上，每每都是一碗菜叶子，里面放了玉米面和虾皮。不论卖相，口味实在不敢恭维。按说像我这种来自贫困家庭的，一般应该口壮，我却正应了小姐身子丫鬟命的老话，就是难以下咽。不光是因为口感，更因为惧怕里面有虫子。然而，越是小心，似乎虫子越多。又没钱，大多时候临睡前都很饿。

入学时，我和小朱分到一个宿舍一个小组，因脾气相投，成了闺蜜。我们学校出西门往北走，过马路，就是贸易楼。小朱家庭条件好，且带工资上学。于是，每个星期，我俩都要去一次，到那里买吃的。每人一块一口酥或烤地瓜，太好吃了，胜过世间任何美味。当然，全是小朱买的，我没钱啦。之后，调宿舍，我们分开。虽不在一个宿舍，但友谊不变，每周的一次贸易楼是雷打不动的，有时候，到了周四或周五，她还没来约我的话，宿舍的人就会说，小朱怎么还没来找你？

趣事之三：说来，在校期间，同学们正值青春年少，正是能吃饭的年纪。到了睡前，不光我饿，宿舍的人都想找吃的，但哪儿有。在一个周末，大家商量着自己炒菜吃。却缺这少那的，特别是油不好解决。事情陷入僵局。这时有人突然想起，中午食堂的菜里有肥肉，何不用它？正当大家觉得事情出现转机，兴奋之时，却有人说：“菜里的肉是熟的，怎么可能炼出油来？”是啊，怎么可能。然后，鸦雀无声，事情不了了之。

2016 年 10 月 7 日

一年二十四节气

“大寒已经过了，”妈说，“这可是今年最后一个节气了。”

妈似乎每年都会这么说。我再听她说这话时，已经是这年的2月，春节就在眼前了。

她老人家一生在意并牢记的，永远是农历。这或许缘于农历关乎节气，关乎春生夏长、秋收冬藏。它在与泥土打了一辈子交道的妈妈心中，尤为重要吧。

一年四季，春夏秋冬，二十四节气。这一古老的历法，从岁月深处款款走来，通身上下没有一丝修饰的痕迹，极具墨守成规的老者风范，历经数千载亘古不变。

说来惭愧，我虽然出生于乡村，对农历却十分陌生。虽然上学时，二十四节气的歌谣，被我诵读得滚瓜烂熟，至今依然熟稔于心，却从未真正理解，更没去深究过它的含义。这种状态一直持续了几十年。

随着年龄的增加，逐渐对泥土生出难以言喻的好感。这才发现，从乡村走出的自己，完全不懂农时。询问母亲，方才获悉，农时即节气，节气即农时。不能早也不能迟。

基于此，我对创造这一历法的先辈们，生出无限的敬仰。我开始溯本求源，终于从《尚书·尧典》中寻到了源头。

据《尚书·尧典》记述，尧帝命羲仲、羲叔、和仲及和叔，分别住于东南西北四地，辨别观察太阳运行的情况。根据星宿位置，确定仲春、仲夏、仲秋及仲冬四个节气。这便是二十四节气最早的雏形。周朝时由四个发展到八个。直到秦汉年间，二十四节气方得以完全确立。公元前 104 年，由邓平等制定的《太初历》，才正式将二十四节气订于历法，明确了它在天文学上的位置。

我大致弄清了这一历法的来龙去脉，知道它源于黄河流域，始于尧帝，确立于秦汉。它的创立，历经数朝数代，凝集了无数先辈的辛劳和聪明才智。

如此伟大的成就，真正留下名姓的，寥寥数人。就连对《太初历》确定时的介绍，也是寥寥数语。

岁月的河流源远流长，尽管我很想知道，这群伫立于源头，令我仰视的先人们，作为独立的个体，他们当年是怎样的一种生活状态。很想了解，他们在各自的人生舞台上，演绎了怎样的精彩。很想探究，他们创立完善这一历法时，付出了怎样的艰辛，在他们身上发生过怎样的故事。但因年代久远，我们已经无从探究，无法令他们有血有肉地鲜活起来。

为制定《太初历》前赴后继的先人们，或许无法想象，这一凝结着他们毕生心血和聪明才智的历法，在历经了数千年岁月的洗礼之后，历久弥新，在指导农民播种和收获时依然发挥着重要作用。由它衍生出的谚语，更是精彩纷呈。像“清明前后，点瓜种豆”“白露早，寒露迟，秋分种麦正当时”“豆子寒露使镰钩，地瓜待到霜降收，花生收在秋分后”之类的谚语，一辈子务农的父辈们，虽然大字不识多少，却都能信口拈来，并将其运用到实践中。因为这些谚语，包含了对农时的指导，对收成的预测，对雨水多寡的预判和提醒……

这一古老的历法，已经于 2016 年 11 月 30 日，在联合国教科文组织保护非物质文化遗产政府间委员会第十一届常会上，被正式列入人类非物质文化遗产代表作名录。这已经不单是创立它的先民们的荣耀，更是我们炎黄子孙共同的荣光和骄傲。

在我落笔写下这段文字时，风儿已敛起了咄咄逼人的锋芒，显露出一丝和善，像严肃而不苟言笑的老师，突然间露出的那抹若隐若显的笑意。这一丝柔和的气息，猝然打破了一季的沉闷，四周景物随之生动起来，充满了生气。

我端详着妈数算节气时的脸庞，仿佛觉得这一年二十四节气，深深刻在了她老人家满脸的皱纹里。她是在长年累月随着节气变化，忙着耕种收获中走过一个个春夏秋冬的。

2017 年 4 月 16 日

原载于《淄博晚报》

杨花柳絮飘飞时

时光流逝，转眼已是暮春。每年的这个时节，杨花柳絮随春风纷飞。这年的杨花柳絮与往年不同，是在一阵急促的春风推送下，一夕散尽的。白的洁白，绿的碧绿。随之而来的，是一场绵绵春雨，让柳絮承受不起，折翅断翼，再不能飞扬。那碧绿的，米粒儿大小，呈圆柱状的，想必也是杨树或柳树上被随风吹落的。也混迹于柳絮之中，来到小院，如同柳絮那般，看不出丝毫生命痕迹。

然而，令我没想到的，这绿莹莹的小不点儿，却是一粒粒有生命的种子，它究竟是谁家之子，杨树的？柳树的？我胡乱猜度。更没想到的，是这小不点儿，在这场绵绵春雨中，迅速脱胎换骨，魔法师般摇身一变，在这小院的角角落落，随遇而安，生根发芽了。更有甚者，竟将根须生生嵌到了砖面上。

小院的地面，是以雨季易渗水、日常和雪后能防滑的砖块铺砌。铺剩的两块砖头，如同女娲炼石补天时，丢弃在大荒山无稽崖青埂峰下的那块五彩之石，被我随手丢于菜地靠墙的角落里。这场春雨滋润了大地，也将这两块闲散的砖块浸湿，为散落于砖面上的小不点儿，提供了适合生存的条件，它们不管不顾，便在此生根发芽。小不点儿这会儿，已是伸展了腰身的小苗儿了，它用游丝般的根须，嵌于砖面，以极细的茎秆撑起两瓣小小的胚芽。仔细观之，也就黏米粒儿大，但该有的一样不少，而且身形匀称，眉目清秀。

这模样，让我想起袁枚的那首诗来：

白日不到处，
青春恰自来。
苔花如米小，
也学牡丹开。

我端详良久，一股莫名的心痛袭上心头。它们的母亲，就这样放手，也不告诫它什么地方是适合生存的，就任由着春风带它们远行，来到这方寸之地。这生存环境，注定它悲戚的命运。我抓起一把泥土，想往砖面上撒，又觉时机不对，它们太过矮小，只好作罢。

我时常怜惜那些生于砖石缝隙或羊肠小路上，被人踩来碾去的草木，尤其那些紫荆之类的灌木，被人踩踏得歪歪斜斜，匍匐于地，通身伤痕累累，还不忘奋力举起一根纤细的枝条，头顶三两片瘦弱的绿叶，毫不气馁地全力向外伸展，幸运时，也能汇入一旁的那片繁绿。它裸露着的有些粗大的根部，搁在人类年龄中衡量，已不是少年。其形其状，颇有花园里那些盆景的模样。如果有心人将它移入盆中加以修饰，或许不输花园里的那些盆景。母亲常说："好找人易，人找好难。"出身无法改变，无论人、动物还是植物，都无法选择自己的出生地，也无法选择自己的父母，但可以选择顽强。那些历经过苦痛磨砺的人生，将更加精彩纷呈。

我和妹妹在旅行途中最爱抓拍的，是沿途那些遭遇过伤痛，并在伤痛磨砺中获得升华，出落成符合审美标准的树木。伤痛修为般成就了它们风姿绰约的艺术气质，才会令它们在万千林木中脱颖而出，点亮我们的眼眸，成为我们争相抢拍的风景。

"宝剑锋从磨砺出，梅花香自苦寒来"，它们的随遇而安，它们遭遇的伤痛磨砺，它们积极向上的顽强不屈，蕴涵了多少耐人寻味的人生哲理。

虽然，杨花柳絮岁岁年年随春风飘飞，就我而言，对于它们一直是忽视的，从未丝毫用心。所以，这群小不点儿，是属于杨树之子还是柳树之女，当时想来，心中越发没底，不敢妄自断言。问及好友，他们也如我这般，不知不晓。我有些纳闷，这杨花柳絮每年随春风飞舞，每年都夹带着这些不及米粒儿大的小不点儿，每年都会生根发芽，很难想象，无人留意过它，也无人见过它们长成的模样。其实，被忽视的不止它们，倘若没有袁枚的那首诗，我恐怕永远都不会知道，苔还会开花。由此及彼，忽感人生亦如此，除却那些真正出类拔萃的人，如我这般渺小之辈，虽世间几十载，识我者又有几人？或许还不如这小不点儿，它起码还有我这等痴人，蹲身细观，问询他人，想读懂它从何而来，是谁家子孙。而我对于他人，陌生如许，定不会有人深究我来自何方，姓甚名谁。这或许就是人生，平凡如草芥的人生吧。

那天，我凝望着这群生长于砖面上的小不点儿，胡思乱想着。看它们现在娇小，一副苔藓抑或草芥模样，不带丝毫树木的特质，又怎么能与路旁高大的杨柳相提并论？它们到底是谁？在阳光雨露的滋养下，他们长大后能是什么模样？实在不得其解。

不承想，这小如米粒儿的小不点儿，在菜园里生长开来，将裸露着的泥土彻底覆盖，呈现出一片苔藓般的绿意。为了保证菜园的生态，也为了使它们植株间有一定的营养面积，我们按照较远的株距，留下不多的几株幼苗，把多余的去除了。留下的植株，渐渐地、渐渐地长高些，从小小的两片胚芽中央冒出头来，长高分叶，眼见着，小不点儿们离杨树的特质越来越远，而柳树的特质逐渐显现，不仅叶子越来越像，茎秆也呈现出柳条的特质。

那些在砖面上定居者，因蜷缩在角落，影响不到菜蔬，我们便放任着它们的生长。然而，即便我们时而喷水，还在砖面上撒了泥土，它们终也没能逃过夭折的厄运。

我终于明白，为什么少有人识得它们。那是因为栽柳者，只需从柳树上锯下些粗壮的枝干，将其插入泥土，假以时日，就能生出一片绿荫。

2017 年 4 月 20 日

鱼肚白点亮的记忆

清晨醒来，窗外正是鱼肚白，沉静、神秘、高冷的鱼肚白。

每天都在重现的鱼肚白看似寻常，却不多见。除非在这一时刻，你恰好醒来，抑或被屡屡唤醒。我对它最初的记忆，便缘于我的母亲，有着五个子女的含辛茹苦的母亲。

记忆如同万花筒，充满了斑斓缤纷。这些记忆逐渐斑驳，星星点点，会在恰当的时刻，被某个景象、某种气息猝然点亮，瞬间将自己拉回岁月深处，重温一把曾经的生命历程。

“昼出耘田夜绩麻，村庄儿女各当家。童孙未解供耕织，也傍桑阴学种瓜。”这日的鱼肚白，让我想起了这首诗，想起了我们的童年，想起了生我养我的故乡。品读它，就像在凭吊我逝去的童年，重温我所经历的 20 世纪六七十年代的乡村记忆。

那时的乡村，日子是在一派热火朝天的繁忙中度过的。人们的生活，与诗中的忙碌相比，应该是有过之而无不及的。我的父辈们年年岁岁追随着季节的变换，挥舞着锄镰锨镢等“十八般兵器”，施展着农家世代传承的“十八般武艺”，将滴滴汗水和聪明才智，毫无保留地倾注于田地之中，乐此不疲。

如今想来，父辈们个个钢筋铁骨，个个如同百米冲刺的运动员。所不同的，是运动员的运动强度科学规范，有张有弛。而他们的劳动强度，永远的超负荷，既不讲章法也不讲张弛。即使如此，一到农忙时节，田里家里公事私事，多得堆积如山。即便不眠不休，也难说能忙出头绪。他们能够找到的帮手，除了生产队的那几头黄牛，就是我们这帮尚且幼小的孩童。可以说，父辈与他们种出的粮食、菜蔬，以及我们这群被放养的孩童，无不呈现着一种纯天然的姿态。倘若将其放在高度机械化，化肥、农药、杀虫剂一应俱全的当下，无论哪个，都是绝对的绿色有机。

在我的记忆里，我们姐弟几人或许是从刚刚自理的时候，就被母亲喊着去做一些力所能及的事了。我们跟随着母亲从年头忙至年尾，从鱼肚白忙至夜幕黑，不得停歇。

如果说家乡当年地瓜的大面积种植造成的忙碌，抢占了我们童年时一个个金秋的夜晚，烟草种植造成的忙碌，让我见证了无数个高冷神秘的鱼肚白。在无数个鱼肚白来临前的黑暗里，我屡屡被母亲从睡梦中唤起，极不情愿地跟随她出门，去完成那项“解烟”的任务。解烟一词，您可能不懂，除非您跟我有着同样的经历。

据史料记载，母亲口中的大华烟草公司，1945 年在临淄落地，是山东淄博烟草有限公司临淄分公司的前身。此前的几十年间，临淄早有大英、大美等近 20 家烟商建库设庄。如此看来，家乡烟草的种植历史，虽然算不得悠久，却也远远超出了我的记忆。

单看烟草的栽培，与地瓜的栽培一样，既不烦琐又好成活（至少我这么认为）。烦琐的，是它们长成后的制作过程。

烟草植株长大后，高出我们好大一截，植株自下而上生长着碧绿的叶片。从样貌上看，它们或许深谙黄金分割率，株株体态匀称，叶片虽密，却错落有致。叶片以自下而上的次序，次第长足身量，高矮胖瘦，一如从大到小排列整齐的兄弟。或许为赶合适的烘烤时间，都是在露水浓重的清晨，由姑娘们将长大的烟叶，一片片掰下。掰烟叶时造成的植株晃动，会猝然惊到那些凝聚在叶片上的露珠，它们四散逃走，每每将姑娘们的衣衫打得湿透，衣服贴在身上，虽然又湿又凉，倒也凸显了她们优美的曲线，增添了她们出水芙蓉般的美丽。

掰下的叶片，被三两一束，用线一束束密集而又对称地系在一人多高的杆子上。然后一杆杆一层层，将整整 1200 杆泛着绿色的烟叶，整齐划一地码进又高又大的烟炉，去经受为时三天的烘烤，烟叶于烘烤中，被逐渐吸走水分，由鲜变干，最终完成从绿到黄的蜕变。鲜绿的烟叶就这样每天被一茬茬掰下，一茬茬送进烟炉。烟叶烤毕灭掉炉火，待烟炉晾至能进人时，正是傍晚时分。父辈们将烟叶从烤炉里卸下，放在露天的空地上，经过一夜露水的滋养，使得干燥易碎的烟叶，彻底脱离炉火赋予的火暴性子，蜕变得如同柔软的丝绸一般。这时，恰好是每日鱼肚白来临的前夕。

随着一阵“解烟了，解烟了”的吆喝声起，母亲会在第一时间从床上弹起，将我从睡梦中唤醒。我多半被母亲牵着，跌跌撞撞地前行，等待母亲手脚利落地抢上一堆，然后才招呼我坐下来，给系在杆子上的烟叶松绑。一杆几个工分我未留意，因为我睡眼蒙眬尚在梦中。做完这些，天边方才现出些许亮色，渐渐的，黑暗悄然消隐，显露出鱼肚白色。

晨曦赋予的鱼肚之白，应该是亘古不变的。那时的鱼肚白带给我的不能说不是沉静、神秘和高冷。但心境使然，静是死寂，秘是鬼影幢幢，冷是战战兢兢。多少年过去，今日忽见，那种久违的感觉忽然现于心中。然而，那苦涩之感也就倏忽一现，便消遁于无形。因为，毕竟时过境迁，此时已非彼时，我已不再是那个贪睡的孩童。历经了岁月洗礼的记忆，已经像碗陈年老酒，脱离了苦涩。

胡思乱想间，黑暗渐次消隐，鱼肚越发泛白。那些黑暗遮蔽下的物体，恢复了原本样貌，不再像骇人的魑魅魍魉。看下手机，刚好四点三十，我突然有了拍下此刻的冲动。我拿起手机，翻身下床，来到房前屋后。

此时，万籁俱寂，白色沉静，曚昽，似真若虚。晨风轻轻挥洒着清露，滋养着菜蔬，给红瓦白墙平添了些许的扑朔迷离。房前，我和妹种下的黄瓜、辣椒模糊地出现在镜头里，弟移来的葡萄幼株，孩童般依偎在白色的墙边。屋后的茄子、韭菜，是我和妹的习作，土豆彰显着大姐二姐的技艺，紫苏诉说着同学夫妇的辛劳，到了收获季的大蒜则是妹妹婆家嫂子的作品。

天越发亮了。太阳给天边的云朵披上了金色的霞光，谢幕前的月牙，既不上弦也不下弦，中庸着，似乎有不站队，谁都不去得罪的意味。

2017 年 4 月 24 日

一路有你

某年的今日，天气晴朗，是辛店大集。

这天，母亲冒着炎炎烈日，将200斤地瓜干子，用独轮车推到了大集上。即便她不是孕妇，我依然由衷地佩服，何况她即将临产。

母亲吃苦耐劳确实是典范，干起活来干净利落。曾听人说，干活快的人生孩子也快。母亲的分娩恰好验证了这种说法。她在赶集回家的瞬间，毫无征兆地突发腹痛，并迅速分娩。此时，正午已过，我家老宅的西屋在太阳的光芒里，投下了半杆子的阴凉。

这时，一切如常，父亲上班，我挽个篮子在村北的棉花地边游荡。如若不是妹妹的哭声传出去，惊扰了正从门前路过的邻居，否则无人知晓我们家添丁增口，喜事临门。

20世纪50年代末，是中华人民共和国成立以来的第一个生育高峰。母亲就是在这时被派往医院接受培训，成为接生员的。从那时起，直到70年代中期，母亲独自一人，接生了村子里出生的所有孩子，包括她自己的几个子女。

在棉花地头游荡的我，闻听喜讯，蹦跳着来到母亲床前。但见妹妹被母亲放到了床的角落里，很黑很瘦，身上穿了紫红色小肚兜。旁边多了碎花小棉被。我问母亲，从哪儿捡的？母亲回答说后沟崖，我问连同小被子一起捡到的？母亲回答是。

此情此景，连同妹妹出生时的模样，在她生日的这一刻，被一并想起。很清晰，很美好。

祝福妹妹，生日快乐！感谢一路有你。

2017 年 6 月 25 日

在晨曦中徜徉

清晨醒来，窗外正是鱼肚白。

这样美好的季节，最能点亮心绪，使人萌生出亲近自然的冲动。我翻身起床，洗漱梳妆，心里装满美好上路了。

打开音乐，传来万晓利用略带沙哑的嗓音演唱的《西游记》插曲——《女儿情》。这歌声，仿佛天边那缕穿透流云的晨曦，带着几许青涩的青春色彩扑面而来，感觉美到了极致，比之原唱不知耐听了多少。

人们日出而作，日落而息的习惯，可以说亘古不变。即便在科技日益发达，有了精确计时和各种照明工具的现代，依然如此。经年躬身荷锄的农人姑且不论，就是脱离田间劳作多年的我，这种对日光的敏锐依然还在。

常言道：习惯成自然。或许这种习惯历经了我们祖祖辈辈的坚守，早已深入骨髓，带入了我们的基因遗传而被世代沿袭了。也许基于此，我们才有了奇妙的生物钟，才有了夏天四五点钟醒来，冬季却是六七点钟醒来的差异。我的这种近乎盲目的揣度，竟然从一篇关于遗传学研究的文章中找到了依据。

根据行为表观遗传学研究，我们的基因遗传，除了每个细胞核内的 DNA 链，还需要像甲基这样独立存在的一些额外物质的参与。它不仅出现在胚胎发育期，在成年期也能被添加到 DNA 上，引起一系列细胞改变。祖先们过去的经历，不论好的坏的，肉体上的还是精神上的，都会在我们的DNA上留下分子痕迹，变成一种紧贴在我们遗传骨架上的分子遗迹。无论我们属于哪一个民族，身体承载的都不仅仅是记忆。

一代文豪海明威的父亲死于自杀，他结束生命的方式，曾经被海明威诅咒为懦弱。然而，在他61岁时，也步父亲后尘，以自杀的方式结束了生命。然而，他也从父亲那儿继承了冒险的野性，一生活得惊心动魄，不辱“硬汉”称号。他的“一个男人可以被毁灭，但不可以被打败”的名言，激励了一代美国人，成了无数人精神领域的一盏灯塔。

这让我想到了双刃剑。我虽然不能确定，有朝一日，我们日出而作，日落而息的习惯，会不会被当下的晚睡晚起取而代之。但是，我们的积极向上、我们的颓废悲观、我们经历的一切刻骨铭心深入骨髓的大起大落，定会作为遗传骨架上的分子痕迹，出现在我们后代的表观遗传表达里。

此时，天地之间广阔寂寥。一向车水马龙、繁忙拥堵的路上，车辆稀少，空旷、清爽而又清净。一群身着统一服饰的晨练青年，一字排开，形成一道靓丽的风景。他们风华卓然的身姿，整齐划一的步伐，让我感受到的，是青春赋予他们的朝气蓬勃的活力。

误打误撞，在一处叫作月牙湾的地方停留。此时，太阳高过三竿，倒映在湾中，沉静如同含羞的花季少女。望着这一湾碧水，一种岁月静好的感觉袭上心来。然而，静好的不只是岁月，更是人心。正如丰子恺所言：“不乱于心，不困于情。不畏将来，不念过往，如此，安好。”

此时的月牙湾，清绝明净，周边已经陆陆续续有了垂钓者，守着长长的鱼竿儿，聚精会神地注视着漂浮于水面上的鱼漂，水面一如他们的表情，平静得毫无波澜。我不禁哑然失笑，鱼儿尚在梦中，醒着的抑或有了防范。我心中暗自窃喜，情不自禁地屏气敛息，脚步轻移，生怕惊扰到他们，更怕惊醒水底的鱼儿。这念头闪过的瞬间，又觉可笑，禁不住摇了摇头，为自己也在吃鱼的行列而心生愧疚。

或许，人类本身就是个矛盾体，对于动物的悲悯之心人人都有。那些被装进笼子的鸡鸭鹅，被送去屠宰的猪牛羊，它们那哀怨的眼神，我向来都不忍直视。儿时家中的鸡我很少关注，它们长什么样子，是鸡甲还是鸡乙，我分辨不清。它们还经常溜达进屋，遭我嫌弃。然而，倘若哪只被父母宰杀，定会惹来我的抗拒。

但是，如果走进饭店，鸡被烹饪成炸鸡、炒鸡、辣子鸡……堂而皇之地呈上餐桌，成为美食，吃起来倒也心安理得。这样的自相矛盾，我不知道多少人有，该怎样定义？难道这就是食物链？这就是弱肉强食？这就是达尔文主义？

我胡思乱想着，漫步到月牙湾西侧，这儿便是断流数十载的古老河床。那些一人多高的蒿草，应该算是寿星了。它们至少存在了两年，早就干枯成柴，东倒西歪了。即便它们身边这季长成的蒿草，也基本完成了生命的轮回，因连日干旱，已过早地干枯。还有那些匍匐于地面的杂草，它们应该能活到秋末冬初，却也在这时死去，提前完成了一岁荣枯。它们或许感知到自己来日无多，早早地开花结籽，将下一岁荣枯提前交到下一代手里。

搁在从前，它们还能作为柴草，走进万户千家的灶膛，燃烧自身，发出最后的光辉。这颇像是生命最后时刻的幡然省悟，竭力在燃烧中升华自己。然而，在生活富足的当下，它们失去了这样的机会，只能在风吹雨打中渐次朽去，最后像落红那般，化作护花的春泥。

生命是顽强的，也是脆弱的。比之它们，人类是多么幸运，荣享了造物主多少的厚爱。小时候，曾听外祖母说起他们祖先迁徙的故事。因为山区连年干旱，无可为食，饥饿的人们将可以充饥的草根树皮挖掘剥食殆尽之后，走上了逃荒之路。他们拖儿带女，一路向北，来到临淄。倘若造物主也赋予草木们移动的能力，它们不必像外祖母的祖先那般千里迢迢，距离它们十数米便是满湾碧水。我们养的花花草草缺水的时候，都会丢卒保车，老的叶片依次脱落。单凭它们夏季里表现出的那份狂野不羁，移动过来绝非难事。然而，上苍自有上苍的道理，上苍的智慧无人能及。

我沿干涸的河道漫无目的地走着，任由思绪杂乱地疯长。不觉间，太阳已经高高升起，发出万丈光芒，普照大地。我回眸望去，湾边的一帘牵牛花已张开了灿烂的笑脸，红的热情奔放、白的洁白无瑕、紫的典雅神秘……我回过神来，看下手机，已是返回的时间。

此时，路上的车辆渐次密集，行人渐次增多，晨练的那队青年，已奔跑在回家的路上，不同的是在奔跑途中逐渐拉开了距离。

2017 年 8 月 26 日

寻北之旅——玉龙沙湖

我们一行4人跟随渔樵户外踏上了历时13天的寻北之旅。出发时，民主选举产生了这次旅行的领队和生活主管，最具领导才能的笑笑和紫瞳随着旅行的开始走马上任了。实践证明，我们没有选错人，她们俩相当称职。

旅行团是紫瞳、笑笑和雪莲她们找的，紫瞳报的，我之前未走心丝毫，由于信任，所以未曾关心。

直到上路后，稳稳地坐在车上，方才翻看雪莲在一周前发过来的有关此次行程的文字。

虽接受过高等教育，但年代使然，地理学得不是不好，而是基本缺失。之后忙于他事，未得补课，以至于我成了响当当的“地盲”。因此，行程中我一直开着导航，比紫瞳、笑笑她们认真了许多。不然，行程中大概的方向位置都一概不知，我不屑做那样的自己。

安然的解说词很美，最能体现这次行程的，莫过于寻北之旅。随着我们旅行团队朝东北方向极速飞驰，此前稔熟于口的“东北”一词，在我心中逐渐变得清晰起来。它并非某块地某座城，它囊括的不仅是辽宁、吉林、黑龙江三省，更有内蒙古东部四盟市的广大区域。只此呼伦贝尔这样的地级市，总面积就有26.3万平方千米，是山东、江苏两省之和。

比起它的辽阔，它的秀美更让人震撼。一路走来，窗外的风景像一幅幅精美绝伦的画卷，让人目不暇接。想必造物主与女娲同宗啊，她完美地继承了女神的创作技艺，一丝不苟地用在造物上，且比其师祖更加严谨，更加精雕细琢。不然，人类总还有美丑之别，她的作品却件件精美。

都是被绿色遮蔽之地，却各有各的奇妙，山体高低错落，林木疏密有致，就像龙生九子，各有各的样貌，各有各的本领，各有各的风采。留给我们的想象空间，足够辽阔，一如这片疆域。同是绿色却有浓淡浅深，偶也留白几许，想以此衬托画卷，令其更加妙趣横生也未可知。

常言道：有容乃大。造物主似乎深谙此道，任由风雨雷电随意挥洒。经年的雨水将沟壑雕刻于山体之上，风儿则将白桦或是松的种子送至其中，为它们发芽生长提供了可能。种子也不负期望，顽强地生根、发芽、生长，最终蔚然成观，成为一道靓丽的风景。看那些沿沟壑生长的树木，像极了少女的发辫，一束束一条条，可爱、美丽。阳光及风雨雷电，在这足够宽松的氛围里，率性而为，它们时而别出心裁，剪它个鸡冠子、阴阳头。再瞧这山，像极了眼下的时髦小后生，英姿勃发，帅气、阳光。也许偶尔谁被捉弄一把，剪它个秃顶，仅留下周遭的发丝，这原本恶作剧的一剪，却成了一位满腹经纶的老者，沉稳、睿智。

随着寻北之旅的继续深入，一直晴朗的天空，突然收起笑容，阴云密布，期待已久的雨水顷刻而降，可惜太过短暂，来去匆匆，雨停的瞬间，乌云迅速散开，一缕湛蓝，似一条漂亮的丝带，现身于天际，且渐渐增长，转瞬便艳阳高照，晴空万里。安然介绍，这来去匆匆的雨露，难能可贵，它是近三年来这片土地上的唯一一次降雨。

观赏过以上的美景，容许我回到科尔沁右翼前旗的前站，元代成吉思汗四杰之首木华黎的封地——翁牛特。

很庆幸生活在网络时代，它的包罗万象为我们获取信息提供了便利。有关翁牛特是木华黎封地的说法，经查询得知，虽有些牵强，倒也勉强说得过去。就像写下《荷马史诗》的游吟诗人——荷马先生，生前居无定所，曾被多个城市驱赶。时过境迁，那些极力驱赶过他的城市，却争相引经据典挖空心思来证明他属于自己的城市。

我们在翁牛特观赏了位于乌丹镇布日敦嘎查——集草原、沙漠、湖泊、林地于一体的玉龙沙湖。

玉龙之名是因在这儿发现的玉龙而得，这被冠以中华第一之誉的玉龙的出土，将中华文明史向前推进了一千多年。湖水位于这片沙地的中央，四周是水草丰茂的绿洲。湖的形成因素很多，想必形成于沙漠中更为不易。我们通常用“一盘散沙”形容不够团结。这儿的沙粒同样松散，却似乎有着强烈的团队意识。它们或许意识到了一己之力的不足，所以举团体之力，成就了这潭碧水。或许是期待着在湖水的滋养下，使绿色朝四周蔓延也未可知。

世间万物，千差万别，各有各的别致。沙漠是见过的，从影视剧中，也是广博的，高低起伏，无边无际。然而，与这儿相比，缺少了湖泊，缺少了周边凸起的沙峰，缺少了形态各异的巨石，缺少了坚强矗立于沙洲的草木。公平永远是相对的，不管是人是物，大都如此。我们比之它们，不知荣享了造物主多少的厚爱。然而，这些处于极度干旱下的草木，虽因贫瘠而瘦小，却对造物主无丝毫怨意，清一色的精神抖擞，充满斗志。看看这儿的石，这儿的草，这儿的树，足以令我们仰视。它们不管是谁，都是躬身前行，都是一副奋力攀登的姿态。为了成就一片绿洲的梦想，它们或许已经奋斗了百年千年。而为了圆梦，还会继续攀登，永不停息。

2017 年 9 月 8 日

寻北之旅——阿尔山

7月的寻北之旅，可谓一程接着一程，紧张有序。如果将祖国辽阔的版图形状称为雄鸡，那么我们是沿着最北的“鸡冠”行走的。

自玉龙沙湖到达阿尔山整整用了一天的时间。

阿尔山非山，蒙古语音译为“热的圣泉”。所谓圣泉，实乃火山喷出地流淌着的炙热熔岩。大约自更新世开始，因火山不断喷发，造就了阿尔山绵延814平方千米的熔岩地貌。如此大的面积被火山熔岩覆盖，很难想象当年火山喷发时是怎样的景象。

或许，喷发前这儿是一片人迹罕至的茂密森林，是一处动物群落理想的栖息之地。哈拉哈河清澈见底，蜿蜒着穿越其间。因水源充足，草木繁茂，没有捕猎，没有杀戮，不论是动物还是植物，独享着原始生态所赋予的生命乐园。

然而，地球是一位完美主义者，总会在灵光一现的某个瞬间，大刀阔斧地改变妆容。所以，就有了地壳炸裂、火山喷发。随着炙热岩浆地不断喷涌和恣意流淌，没有谁能够抵挡它上千摄氏度的热烈，即便零下四五十度，极其渴望温暖的地域，也无法消受得起。所有物种，在这样魔性的热烈下，顷刻间化作虚无。

火山，在我的心中一直是一个遥远而神秘的存在。能在这片圣土与火山亲密接触，近距离观赏火山熔岩造就的奇观，带给我的不仅是震撼，同时引发的，还有对地球构造变迁和生命萌发的好奇。

随科技发展，人类对太阳系外层空间的探索成就斐然。医学科学可以用解剖的方式来了解人体的构造，可无法用相同的方法来观察地球，地球半径约6371千米，大陆型地壳平均厚度约为33千米，而目前最长的钻头也只有十几千米。但毋庸置疑的是，随着向地心的深入，热度和压力迅速增加。在这般热与压的鼓舞下，我们不难想象，这位外表高冷的长者，为何容易冲动，而且冲动起来，为何像一位激情澎湃的热血青年。

地球虽有46亿年的高龄，而最古老的地壳岩石大约形成于42亿年前。这个球体在以亿计年的漫长岁月里，到底经历了怎样的蜕变？所谓百炼成钢，对于地球而言未免太过小儿科，它不间断的地壳运动和无数次的火山喷发，岂止是百炼可以形容？

生命是在地球逐渐冷却后，由非生命物质经过了极其复杂的漫长过程，从一个单细胞生物，一步一步演化而来。这是迄今为止，科学界最能认同的生命起源说。大约在700万年前，终于从古猿进化为现代类人猿。之后又经过了一段漫长的进化，我们的祖先才真正成为解剖结构上的现代人类。最近有幸看到梁冬制作的《生命·觉者》系列纪录片，看过对华大基因CEO尹烨关于生命科学的专题访谈后，才知道我们从单细胞生物演化为人类，经历了漫长的34亿年。

到达阿尔山时，恰好正午。我们一行39人在景区集体用餐。然后取票，之后的一天半时间，便各自分散游玩。如此大的火山熔岩地貌，如此多的景点，将时间分割开来，分配到每个景点，其实并不充裕。幸好我们有领队，她很好地掌控了时间，在她的提醒下，我们紧张有序地完成了游览。

天池和驼峰岭天池均属于高位火山口湖，地池则是熔岩湖后期陷落形成。这几处湖泊均被茂密的林海环绕簇拥。这种四周封闭，既无出水又无进水的湖泊，地质学上称为“玛珥湖”。

天池海拔1320米，484级台阶在骄阳的烘烤下，炙热无比，攀爬起来不免大汗淋漓。传说它是西王母洗浴之地，碧绿的潭水，波澜不起，沉静宛若处子。不论干旱还是洪涝，她不盈不亏，至于盈的去了何方，亏的从何而来，我们无从得知。环绕簇拥着她的松树整齐划一，像一群英姿勃发的卫士，守卫着它们心中的女神，忠诚无比。

驼峰岭天池跟天池一样，被林海簇拥，同样的静美圣洁，宛若上天倾洒于人间的一湾甘露。所不同的是她静卧于驼峰之上，相对于天池，有关她的传说也更加凄美离奇。故事很长，关乎虔诚的骆驼和一段未成的姻缘。据说岸边袒露的嶙峋熔岩，可随意挑选，里面有一种是浮石，可漂在这一湾碧水上，不会沉没。多有青年男女结伴前来，以此见证爱情的忠贞。

如果说天池需仰视，地池则需要俯瞰。有人说它是镶嵌在这儿的一面天镜，有人说它是洒落在这儿的一颗绿色宝石。

阿尔山火山群也称哈拉哈火山群，这或许是因哈拉哈河的存在而得名。而这条河流则是由于南岸高过北岸，像一面高高矗立的屏障而得了哈拉哈的名字。它发祥于大兴安岭西侧摩天岭北部的达尔滨湖，全长339.5千米。火山喷发时，恣意流淌的岩浆将它拦腰截断，形成了一系列珍珠般的堰塞湖泊。它又像一条纽带，蜿蜒着将它们串在了一起。

它的三潭峡段，由卧牛潭、虎石潭、悦心潭组成。或许河流如人，有喧闹也有沉静，有狂欢也有孤寂。此时的哈拉哈河，细流涓涓，沉静悠然，不见湍急，也少有珠玉飞溅，即便水流跌落潭中，也儒雅有度，溅起的水花，都像轻柔的芭蕾舞步，不失优雅。护卫它的岩壁，一侧针阔混交，绿繁花俏；一侧陡峭耸立，松桦参天。

河水缓缓流淌，低声吟唱。岩壁高低有致，一段一景。它时而曲折凹凸，像一幅精雕细琢的巨制版画。仔细端详，却不知如何解读。这般抽象派作品，读懂，实属不易。时见岩壁突兀耸起，像出征前披挂着铠甲的勇士，一副神圣不可侵犯的威武模样。在石塘林，哈拉哈河悄然潜入地下。行走在木栈道上，可依稀听到它流动时的低吟浅唱，寻之，却不见踪影。在阿尔山的几日，它时隐时现，孩童般顽皮，热情好客又顽劣不羁。

不论是石塘林、大峡谷、龟背岩，还是熔岩截流哈拉哈河形成的杜鹃湖，它们同宗同族，同属火山喷发的地质遗迹。放眼望去，当年火山喷发时熔岩流淌凝成的玄武岩地貌，依旧错综崎岖，沟壑纵横，裸露着大半的黑色躯体，保留着当年的样貌。所不同的是经过百万年的变迁，这片裸露的熔岩已不再纯粹，选择以土为伴，以绿为衣。但又以半遮半掩的面目示人，用保存尚好的当年喷发时造就的喷气碟、熔岩陷坑、绳状熔岩、七彩浮岩、熔岩丘、龟背岩、大峡谷，来证明自己风骨犹在。依稀讲述着从更新世至全新世火山喷发时，那一段段惊心动魄的故事。

在阿尔山众多的火山遗迹中，石塘林最为年轻，属于裂隙式喷发火山。由于熔岩纯粹，能很好地观察到植物的发展演进。这里真实存在着从低等级到高等级植物所有阶段的物种，是一座天然的生态博物馆。迄今为止，依然真实演绎着植物艰难存续的全过程。

在这片火山熔岩逐渐冷却形成的广袤裸石地带，风儿充当了称职的媒介，以其万年不息的奋斗精神，不断将地衣孢子送至这片裸石之上定居，形成壳状地衣，融合岩石碎屑形成土壤，继而是支状地衣的侵入和苔藓的入场，接下来是土壤和水分改善、蕨类植物定居、小灌木出现、草丛形成、树木生长、森林育成。从岩石上形成地衣土壤，到育成森林，成为现在的样貌，用的是一万余年的不懈努力。

我读着介绍石塘林植被存续的文字，望着这片石塘林上艰难存续下来的一草一木，那首“白日不到处，青春恰自来。苔花如米小，也学牡丹开”的诗句忽然袭上心头，禁不住热泪盈眶。因为我看到了它们生命存续的艰辛，看到了它们的执着顽强。它们为适应生存环境呈现出的样貌，瞬间将我打动，令我动容。

在伙伴们的召唤声中，我缓过神来，追赶着她们急急前行。

此时，中山先生的“愈挫愈奋”，以及马克思“只有在崎岖小路上，不畏劳苦的人，才能攀登光辉的顶点”的至理名言，久久回荡于耳畔……

2017 年 9 月 14 日

市井随想

这日，我踱出家门，去洗照片。

在现在这样发达的时代，洗照片的地方应该很多，只是我不知道在哪儿。因为我对照相馆的记忆，还停留在三十几年前。

这让我想起了贺知章，想起了他的《回乡偶书》，离开久了，不识的岂止是人，还有这周边的环境。数十载的疏离，错过的、缺失的，都不可估量。

这座曾经仅有一条商业街的小城，历经数十载的变迁，如今已是九衢三市、八街九陌，今非昔比了。

说起来，即便陌生，也回来一年多了，上街也是经常，看来没洗照片才是症结所在。这不禁让我再次纠结起自己的观察力来。

以前，我一直认为，只有体育、艺术类职业需要有天赋的人来从事。直到有一年，我到省医院进修，方才发现观察力也是有天赋的。有些人天生敏锐，有一双侦察员的眼睛。这样的感悟，缘于一位进修医生。尽管她的进修时间比我们少了四分之三，却记住了我们进修公寓里的四五百号人。她记住的，不仅是这群人的长相，能在茫茫人海中一眼就认出是我们进修公寓的同行，还能确切地说出住几层几号。这能耐绝非常人能比。要知道，这是来自五湖四海、松散的、没有任何交集的一群人。在自愧不如的同时，让我想到的，还有特工、卧底之类的词语。

搁在平时，都是跟妹妹一起，她开车载我逛街。哪家店头发理得好，哪家店的衣服漂亮，哪家店的食材正宗，她都熟稔于心。她对这儿的熟悉，一如我对工作数十载的泰城的了解。在一座城住久了，就变成了家，家庭的成员，物件摆放的位置，都会了然于心。

今天例外，她去了外地，我失去了依靠。

很快，我被告知，齐鲁石化广场附近有家店。我很高兴，这也算个熟悉的地方，寻起来不难，因为，父母以前就住在那附近。我以前回来，也曾到广场散步，后来父母搬走，房子租给别人居住，就很少去了。如今回来了，外出时偶尔路过，依然感觉亲切，只是觉得它似乎没了以前的开阔，狭窄了许多。

我停留在30年前的对这座城的记忆，就像一部被定格的影视画面，或是一台配置老旧、久不应用的计算机系统，需要全面更新。所不同的是我在更新过程中，总想将以前熟悉的元素植入其中。

我们村子位于临淄大道一侧，我的小学和中学时光，都在这附近度过。小孩子爱热闹，三五成群地走东走西，村子挨得近，各村串来串去也属正常。在这种玩耍中，不但熟识了通往各村的道路，就连各村的大街小巷也都熟稔于心。尽管岁月流逝，村庄已消失多年，它们的样貌依然深刻于心，被原汁原味地存留。然而，如此熟悉的环境，却因为长久的疏离，缺少了对它们消亡与崛起时的见证，变得陌生无比。回临淄的一年，也是我重新认识它的一年。直到有一日，像在菩提树下大彻大悟的释迦牟尼佛祖，我在寻寻觅觅中恍然顿悟，故乡在我心中的新旧影像重又合而为一。终于，一颗高悬飘忽的心儿找到了归宿，尘埃落定。这种感觉非常美好，非常，非常……

在导航指引下，胡思乱想着在路上寻找，感受着市井中的祥和安逸以及浓浓的烟火气息，感觉这才是我认识、了解的城，不论行至何处，都会觉得亲切，因为所到之地，都会有我的同窗、亲朋抑或不被磨灭的美好记忆。

我走走停停，缓慢地沿太公路东行至雪宫路口，但见对面扬尘漫天，通往广场的道路被部分阻隔，几位警察立于路旁，维持秩序。起初以为有交通事故发生，然而，这种念头闪过的瞬间，便幡然省悟。我已靠近了闻韶北棚户改造区。倘若我不从临淄区医院调走，这儿应该也有我的房子。那时的它们，尚且崭新一片。看来走向衰老的，不仅是人类。

然而，那些超越岁月侵蚀，历经百年千年，依然光彩照人的建筑也是有的，而且不乏其类。城市美化是我们所倡导的，为何不从打造不朽的建筑作品开始，我自认为，它们是一座城的底色，没有它们的支撑，再怎么美化，城市也是艳俗的，缺少风骨，缺少底蕴。所谓的腹有诗书气自华，不仅适用于人，也适用于城。

看到这一排排楼房，在机器的轰鸣中，一幢幢坍塌，成为一片废墟，其中包括那栋父母生活过的房子。父亲端坐楼下与老友切磋棋艺的景象，在这一刻悄然浮上心头，不胜感伤。我的情绪一落千丈，满心悲凉，因为以后再也无处寻找父母生活过的痕迹。

2017 年 11 月 15 日

原载于《稷下散文》

暮色苍茫寻帅府

7月的寻北之旅接近尾声，真正的尾声。这对于玩兴正酣的我们，心中充满了不舍。

旅途过半后，紫瞳便天天喊着："俺不想回家，俺不想回家。"雪莲、笑笑和我，虽然缄默，心情却也如她。转眼数月过去了，此刻提及，怅然若失的情绪依然浓重。没谁不懂得有高潮就有低谷，有开始就有结束的道理，然而，道理归道理，心情归心情。

这一如人生，有入世的欣喜，就有离世的悲痛。虽懂得，也会在离开时肝肠寸断。

这让我想起另一种残酷，被疾病缠绕，却无法摆脱的残酷。职业使然，我见识过太多的生命凋零。当人们得知不久于人世时，病痛对肉体的折磨，远不及精神上的痛苦来得强烈。除非像我们即将拜谒的帅府主人公张作霖先生，尚且来不及体验精神层面的苦痛，生命便在日本人的阴谋中戛然而止。

十几天的行程，想一日返回，显然是不够的。于是，车子沿京哈高速向西南方向行驶，赶往沈阳落脚休憩。

到达沈阳时，已接近黄昏，夕阳在进餐中缓缓隐去了最后一缕光辉，夜幕降临。我心中闪过些许懊恼，虽然享受美食也是旅行的一部分，但在吃与游之间，我更倾向于后者。

或许因为张学良父子在我国近代史上留下过浓墨重彩的一笔，

抑或一个世纪前的东北易帜、西安事变超乎寻常地影响了当年的政治格局。明知道帅府在夜幕遮蔽下无法参观，我依然执意前往。我们在导航指引下，匆匆前行。由于十数日的奔波劳顿，都有些疲惫，尤其紫瞳，连日行走导致的脚伤，此时更加严重。看着她每走一步，我都会感觉心疼。好在不远，一会儿工夫便来到大帅府邸。府邸门前是一个不大的广场，张学良的一尊塑像立于广场中央。广场上灯火通明，人头攒动，音乐声不绝于耳，走近再看，是一群跳交谊舞的人，相拥着翩翩起舞，旁边的观赏者，人数更多，或许乘凉与观舞两得也未可知。我无心观赏，匆匆挤到少帅雕像前拍照后，便来到大帅府邸门前。

据介绍，这座由张作霖建造，并于1916年入住的府邸，占地29146平方米，总建筑面积27570平方米，融合了中国传统与罗马、北欧、日本等多种建筑风格，包含了东院、中院、西院和院外建筑等4个部分。此时，府邸大门紧闭，除了门前两侧立着的两尊石狮外，整座建筑隐藏于夜色中，寂静而又神秘，与百年前的浮华喧闹形成鲜明对比。张作霖共娶妻6位，有八儿六女，且不说帅府当年集官邸、私宅于一体，即便只是私宅，人数之多也可见一斑。

我虽没去深究，他们的家人是在怎样的情形下离开了帅府，离开这个富丽堂皇的家，开启全新生活的。但可以想象，在那样风云激荡的岁月里，外敌入侵，内战不断，国家尚在风雨飘摇中，家的遭际自然可想而知。

我们沿府邸外高大的院墙行至东门。门外一侧，一处居所映入眼帘。据介绍，这栋二层日式小红楼，就是张学良原配夫人出资，为赵四小姐建造的住所。这位原配夫人，痴恋一生，隐忍半世，最终退出成人之美，将孤独留给自己。难以想象，她前后经历的是一段怎样的历程。这世间到底情为何物，想必无人能够评说，也无人能够说清。

此时的故居，寂静地伫立于夜幕下。在夜色里，它隐去颜色，不留任何修饰，仅存最本真的架骨，略隐略显着，像一位躲在若明若暗处的女子，犹抱琵琶半遮面，任由立于门外的我们，揣度评说着那场褒贬参半的爱情。

时间匆匆流逝，我们作为过客，到了该离去的时候，我不时回望着，思考着下次正式拜谒的时间。

2017 年 12 月 4 日

原载于《稷下散文》

冬日遐思

四时更迭，转眼又是冬日。

每到繁华散尽，遍地苍黄的季节，我便会触景生情，莫名地兀自悲凉，不由自主地想起曹雪芹，想起他“陋室空堂，当年笏满床。衰草枯杨，曾为歌舞场”的描述，便会想起如同四季的人生。我明知这是一场繁华散尽后所引发的精神上的颓废，却也像一道深刻于肌理的伤痕，会在这阴沉寒凉的日子里隐隐作痛。虽然，这些莫名的情绪，随青春的逝去有所消减，却又伴着人生冬季的逼近，复又萦绕于心。

像大多数孩子那样，自幼对星空充满着好奇。无数个冬日的夜晚，我躲进祖母的怀抱，望着窗外清冷的月光，听她老人家讲述关于天庭的传说。在那些寻常而又安逸的夜晚，诸如牛郎织女、嫦娥吴刚以及王母娘娘蟠桃会的故事，在我粘人的纠缠下，祖母反反复复，讲了一遍又一遍，每每令她口干舌燥，不胜其烦。嘻嘻，如今想来，实乃长辈们缺乏“新调”，不能满足孩子的求知欲使然。

时光飞逝，已过了纠缠祖母的年纪。随着年龄的增长，我读到了更多美丽的传说，对太阳系也有了粗浅的认知，知道了“坐地日行八万里”，知道了地球在以亿计年的漫长岁月里，始终追随着太阳，沿椭圆形轨道运转，距离太阳近则冬天，距离太阳远则夏天。刚触及些皮毛，我便兴奋不已，有些夜郎自大起来，对祖母的那些故事，失去了兴趣，不但觉得她老人家的故事太过土气，达不到我的审美，还因为逐渐生出的那些悲悯秋冬的消沉，对地球也生出颇多微词。青春期作祟，竟不明就里胡思乱想，认为（地球）既然执着追随（太阳），就该大方一些。希望它在与太阳近距离接触时，不再羞怯地侧转身去，活脱脱一副暗恋者的样子；希望它面对太阳时，能稍微转正些身躯，让世间多些温暖，让众生少些寒凉。这些莫名的思绪，是何等的青涩幼稚而又不着调啊，如今想起，如同痴人说梦，真真贻笑大方。

我们赖以生存的地球，实属不易。苍生云云，众口难调，难以如每个人心愿，只能立于高处统揽全局，春夏秋冬更迭不息，喜也不添一分，恶也不减一毫。像极了父母对子女的爱，有尺有度，不因谁哭闹撒野而多一分。再怎么悯秋悲冬，也只是庸人自扰。虽如此，那些浸染了负面色彩的多愁善感的消沉，依然隐于胸间，时不时会冒出来。

直到有一日，我恍然而悟，对于秋冬季节里这种悲凉情绪的萌生，终于从一篇来自加拿大多伦多大学的研究报告中得到了答案。他们把这种季节交替性的情绪变化，归因于一种叫作5-羟色胺的信使物质。这种被称为快乐荷尔蒙的物质的多寡，和光照息息相关。因阳光照射地球的角度，冬季的阳光没了夏日里的强烈，随光照锐减，人脑内的另一种微型蛋白粒子迅速活跃，它作为一种微小的运载体，担负的，便是捕获清除快乐荷尔蒙之职。那些原本阳光明媚时美好的心境，随着万物凋零的景色悄然飘散，令诸多的落寞消沉和无端的愁绪悄然而至。

这又让我想起青春时那些不着边际的思绪。倘若如我所愿，地球处在椭圆形轨道的近日点上，没有那几十度的倾斜，岂是一个寒字了得。或许，我们早如逐日夸父，在炙热阳光的烘烤下，不如他般轰然，却如他般倒地。造物主是何等了得，如同一位有着朴实外在的智者，举手投足间，看似寻常，却智慧得无与伦比。自然界充满奥妙，人类作为她笔端最精彩的那笔，能做的也只有顺应。我们的祖先在顺应自然的过程中，创立了阴阳学说，将自然界看似矛盾对立的繁杂，用阴阳二字以化解。阴阳的消长转化，正如有春的生发，就有秋的萧瑟，有夏的炎热，就有冬的严寒那般。年复一年犹如一场大戏，有开场时的喜悦，就有落幕时的悲凉。或许造物主早就明了，体验过苦辣酸甜的人生才是真正的人生，只是我们未能领悟罢了。

此时，2018 年接近尾声，我心中的五味杂陈，在这个冬日里复又泛起，为渐行渐远的 2018，为悄然而至的 2019。

2018 年 12 月 30 日

期盼中的那场雪

下雪了，这是我到了楼下才知道的。如果将上月中旬飘落的寥寥数朵定义为预演，那么这一次，应该算是它在年内隆重的首秀了。

我犹豫片刻后，觉得还是要活动一下身体。好在飘的是雪，也不算很大。

天气使然，我的行走路线被自己临时改变了，计划着从北门出小区向西，从南门回来。这条路线，以前也走过，一圈也就两三千步的样子。在夜幕下，人行道上的静谧与下班时分马路上的拥堵，形成鲜明对照，倒有了些世外桃源的感觉。

这些年雪下得越来越少了，即便下，也一副漫不经心的样子，马马虎虎、轻描淡写地点到为止。很少像我们小时候，下得那般认真，那般扎实，那般铺天盖地了。

天有些暖，雪花飘落地面的瞬间就融化了。如不是车灯路灯瞬间的交相辉映，根本看不到雪花飘飞的曼妙舞姿。遗憾的是它“草木之花多五出，独雪花六出”的奇异，在这夜幕下，无缘相见了。除非明早醒来它依然飞扬。

冬是雪的故乡，天地是雪的秀场。它走秀前铺天盖地的宣传，经过接连数日的播报，早已家喻户晓，人尽皆知了。然而，我们翘首企盼的模特儿，却没能按照播报如期而至。虽然，天阴沉着，一副大雪将至的模样，却迟迟不见模特登场，心中难免生出诸多揣度。

这几日，诸如空气污染、化学污染、重金属污染……像留有案底的嫌疑人等，时不时在我脑海里一一列队。虽然我无法确定，导致降雪减少的元凶在不在它们中间，却依然固执地以为始作俑者非它们莫属。

面对这迟迟不来的冬雪，令我想到的，还有气象预报者的不容易。老天的心思，不是谁都能琢磨透的，即便这些有着丰富经验的气象专家，也不能准确预测，出错也就在所难免。

此刻，见到雪花飘飞起来，顿觉释然。或许它的到来，亦与近些年政府极力倡导的环境保护有关。

我仰起脸，张开手臂，任由它飘落于面颊，飘落于掌心，那份柔柔的冰冰的感觉，像一剂奇妙的良药，使得藏匿于体内的某种记忆瞬间复活，有了儿时雪天里玩耍时的畅快体验。

我们年少时，因生活艰难，孩子们是没有玩具的。即便如此，也未感寂寞，我们也时常玩得酣畅淋漓。或许，孩童的欢乐多种多样，并不因缺少玩具而减分毫。孩子们天性所在，即便面对寻常无比的大自然，也会就地取材，创造出无穷无尽的玩具。儿时的我们，可以聚在一起，玩一把石子、一堆泥巴、一个沙袋；还可以将地瓜挖空做成火炉，于炉膛中塞些干枯的地瓜叶子，点燃，迎着风在瓜地里疯跑；更可以在雪地里堆雪人，打雪仗，溜冰滑雪，乐此不疲。

自小学五年级，我们这些十里八村的孩子，被聚集到石鼓联中就读。一条辛店至老城（齐国故都）的柏油路连接着学校与多个村子。我们村子位于公路以北，那时，村前的临淄大道仅是一条没被硬化的乡间公路。上学的正常路线是，先越过临淄大道，沿一条乡间小路南行，再横穿那条通往老城的公路抵达学校。我们这群孩子每每会被一场大雪诱惑，舍近求远，出村后便沿临淄大道一路向东，绕到通往老城的公路上。忘记了同学们是否如我那般，穿的是塑料底子的棉鞋，只记得他们如我那般，斜挎着书包，迎着耀眼的雪色，在车少人稀被积雪厚厚覆盖的公路上，嬉笑着一路滑行。几步助跑，便能滑出长长的一截。鞋子每每等不得冬尽，底子早已磨得薄如纸片，按下去，软软的，一副马上就要透气的模样。可以想象，在那样寒冷的冬日，这样的鞋子还谈何保暖，脚冻得像被猫咬了一样（祖母这样形容）。这样的脚痛，作为一种常态，伴随我们度过漫漫冬日。即便如此，大家依然兴高采烈，心情也如大雪过后的天空晴朗无比。

此时，雪似乎下得紧了，脚下的方砖也越发湿了，低洼处有了些许积水。随着渐深的夜色、渐降的气温，这雪水会不会凝结成冰，来不及融化的雪花，会不会在冰面上堆积……老天爷，这让我猛然间想到了母亲，担心路滑以及她不明就里地一早出门。

年龄大了，就连感冒腹泻这类看似不起眼的小病小恙，对于她这样的老人家，都是不能拖延的大病，何况磕着碰着。

我掏出手机，边走边打给母亲，千叮万嘱……挂断电话，依然难以安心。实践证明，她不是很听话，你说半天，她依然会我行我素。就拿骑车子来说，因为她屡次骨折，不知道被我们这一众儿女连哄带吓劝说过多少次，屡劝不听。自己骑倒也罢了，还时常大发善心，载上跟她同样年纪的老人家招摇过市。我边走边想着明早跟妹妹前去监督的事宜，不觉间，已绕行了两圈。

清晨醒来，忙不迭拉开窗帘观雪。老天爷！心中期待的“晨起开门雪满山，雪晴云淡日光寒”的景象，非但没有，竟然连雪的一丝踪迹也未寻到。如不是昨晚外出，与它不期而遇，它是否来过都不得知。

谁见识过这样的秀啊，恐怕连彩排都算不上吧。看来，环境保护任重而道远，实在不容小觑。还是期待吧，期待我们赖以生存的自然环境逐渐向好，期待它的首秀能早些时日。

2018 年 1 月 22 日

本是同根生

广饶之行已过去几日了，相聚的美好，依然萦绕于心，难以忘怀。

广饶对我而言，是一个熟稔于心的名字，早在儿时就常听父辈们提起。然而，从他们那儿接收到的，仅是关于20世纪40年代，他们在益寿、临广及其周边地区坚持革命斗争的经历。

了解一座城，博物馆和历史遗迹应该是最好的去处。那儿陈列的必是这座城最有历史和艺术价值的物品，那儿存留的定为这方土地最具思想和智慧的印迹。

想必文友们心意相通，才在这个美好的季节里促成这样一次文化之旅，去共同开启一扇历史的大门，一扇属于这座城的时光之门，通过那些历经岁月洗礼，依旧熠熠生辉的历史遗迹和陈列物品，来感受这座城博大精深的文化底蕴。

临广两地一衣带水，同受齐文化浸染，如果从基因遗传的角度追溯，作为齐国后花园的广饶，与临淄就像同根所生的兄弟，可谓一脉相承。

随着年龄的增加，越来越喜欢向岁月深处张望，总渴望能在某年某日的某个时刻，悄然掀开过往岁月的一角，眺望源头，眼眸所及处，是洪荒、是远古、是我向往寻觅的那座城池。就像这广饶一日游，在博物馆、在柏寝台、在倪宽长眠之地，我期待着叩开那扇神秘的大门，看一眼这座城的前生前世，分享它最具格调和内涵的东西。更期待在这城的一隅，与孙武、倪宽抑或田穰苴不期而遇，轻轻拂去他们一身的尘埃沙砾，聆听他们生命中最为真实和精彩的点点滴滴。

博物馆里，那些看似老旧残破却自带神韵的陶罐、钱币、石雕、佛像和寻常用具，一如那些名垂青史的先贤般令人肃然。数千年的漫长旅途，定如唐僧师徒的取经之路，处处危机四伏，充满着诸多不可预知的变数。单看它们沧桑的容颜，残破的外形，这一路的艰辛就绝非九九八十一难可以相比。值得庆幸的是它们修得正果，完成了从平凡到不凡的蜕变，成为一个时代的象征，向我们诉说着一段辉煌的历史。作为精神向导，引领我们在熙熙攘攘的岁月长河中拾贝撷英，将时断时续的史实一段段串联。

有一句“岁月是把杀猪刀”的歌词，说来倒也贴切。曾几何时，齐国的兴盛无国能及。八百年基业，八百年铸就的城池，可谓固若金汤。竟也在这把叫作光阴的刀下，一败涂地，化为一地碎片，难以捡拾。位于广饶的这处柏寝台和那些棋子般散落在城池周边的墓冢，也算是那个朝代最后的幸存者。然而，光阴的侵蚀终日无绝，如不加以保护，料想在如许长的岁月里，也会化作虚无。

相传，最初的柏寝台台高 3 丈，方圆 40 亩，台上殿宇壮观，松柏苍翠。然而，在 2600 多年的漫长岁月里，历经烽火狼烟，风侵雨蚀。如今的柏寝台较前低矮了许多也狭小了许多。台高大约 6 米，东西长 160 米，南北宽 120 米。上面的柏树建筑已荡然无存。记得儿时齐国城池南端的城墙，虽然残缺，却依然高大，偶尔行至这儿，都会见到百姓们肩挑车载的身影，现如今早已了无踪迹。古迹保护，需政府引导，望一眼被一片快餐式建筑取而代之的齐都古城，除了对那些目光短浅者满腹的哀怨，余下的则是深深的惋惜。

4 月的阳光温柔地洒落在这古老残缺的柏寝台上，也洒落在我们这群拜谒者的脸上。天边还是2600多年前的土地，脚下还是2600多年前的泥土，只是物是人非。或许历史上的今日，这儿正韶乐悠扬，正鼓角争鸣，正盟约，正阅兵，立于这儿的，是年少的孙武，是围魏救赵的孙膑，抑或是说出“将在外，君命有所不受”的田穰苴。我迎着和煦的阳光，踏在这片留有先贤足迹的土地上，心路历程慢慢靠近，有了一种沉入岁月的惬意和快感。我胡思乱想着绕台行走。在台的边沿，靠近村民院落的一端，斜生出多棵槐树，槐树巨大的根系深深地斜嵌在台边的泥土里，或许泥土是为了保护树根，却没能抵挡住岁月侵蚀，覆盖它巨大根系的泥土被雨水一点点带走，致使盘根错节的树根一团乱麻般裸露在外，我不禁一声叹息，叹息光阴如刀一般的无情和威力。

所幸，国家对遗迹保护的力度不断增强，当地政府已在柏寝台两侧进行了保护性加固，想必剩余的两端也不会继续任由泥土流失。那些尚存的千年墓冢，再不会被无端地破坏，它们会安然无恙地继续存留于临广两地。

2018年4月18日

原载《乐安文苑》

西行雪域

十多天的旅程匆匆结束了，转眼已是返程的日子，到达淄博后，同车的旅友们陆续下车了。

18 天前，除了乐洋洋老先生和他的夫人（恩施之行认识的），其余皆是陌生人。旅途中也是三三两两松散的游玩，并无太多交集。然而，松散中充溢着友善和谐，使得车内车外充满了欢乐的笑声。正是这样其乐融融的氛围，拉近了彼此间的距离，才有了离别时的那份怅然若失和不舍。

时间很奇妙，它能使原本熟识的人渐行渐远，相忘于江湖，也能使素昧平生者走近彼此，惺惺相惜。“微笑是人与人之间最短的距离”，回味，不虚。

通过旅行去亲近和了解一个地方，不失为一种不错的方式。然而，由于旅行的局限，注定了旅途的匆忙。匆忙得一如走马观花，匆忙得让人无暇思考，匆忙得缺少了应有的深度。对它更加深入的了解，是我回来后，对躲在这诸多表象后的实质的叩问。心中的诸多疑惑或许会在我极其业余的叩问中得解，也许会在这样的叩问中加深。

去西藏之前，对西藏知之不多，仅有的那点了解也限于皮毛。尽管如此，并未影响我对西藏的魂牵梦绕。这或许源于它在我主观臆想中原始蛮荒的样貌，雄浑厚重和略带苦难意识的特质，以及尚未被现代文明浸染的文化。更缘于那位写下“好多年了，你一直在我的伤口中幽居，我放下过天地，却从未放下过你”的仓央嘉措。这几句美到心碎的诗句，碰巧在很大程度上契合了我向往西行的心境，才有了萦绕于心的思绪难平。

通过一知半解臆想出来的西藏，与亲历之后的感受大相径庭。就它的地质地貌而言，我想到了它作为世界屋脊的伟岸，却没想到它的伟岸竟然是如此松软的堆积，不论那广袤的草地还是高耸云端的起伏山峦，其质地已具备了河床的特征，几乎都是泥沙与石子的堆砌。回来后，查找资料，方才恍然而悟，它的前世不是河床，倒是海底。

常言道：十年树木，百年树人。这对善于大手笔泼墨挥毫的上苍，十年百年的光阴实在不值一提。它极有魄力又具耐心，制作一幅画卷动辄便耗去数亿年光景。

上苍对青藏高原的创造，开始于 5 亿年前，它先是将零碎的靠近北部的昆仑、祁连等次小地块向北汇聚，并逐渐拼合到后来向北漂移的亚欧板块。向南奔袭的印度板块，在南行途中，也如法炮制，将沿途的次小地块收入麾下。直至 6000 万年前，两大板块最终狭路相逢，碰撞在一起。在相互挤压下，地处海面以下的这片广袤的西部地域，逐渐脱离了海浸，不断地碰撞挤压，令它们逐渐长高，出落成这世界上最年轻的高原，地球上最高最大的陆地。眼见着它光裸着身子越长越高，风儿似乎读出了自己的使命，便经年累月地四下搜罗，将土壤微粒和地衣孢子作为衣衫，披上它裸露的肌体。与此同时，开始了植物生存发展的艰难历程。

遗传不容小觑，这片地域，因先天遗传导致不够坚实的肌体，以及它鹤立鸡群般的高耸和含氧量的稀薄，万物缺乏茁壮生长的根基。艰难存活下来的绿色，颇有些先天不足，瘦小、稀疏，又极易随着时常发生的大小滑坡脱落毁损。这种覆盖与滑脱的循环反复，让我想到了无休止推巨石上山的西西弗。所不同的是山体大部分的覆盖尚算完好，滑落的仅是少数，大片的开阔低洼处，若无人为挖掘，它们便能绵延出一片绿色，倒也可供栖息于斯的动物们充饥果腹。疏落的绿色中，偶尔可见花儿朵朵，虽低到了泥土里，却也开得有模有样。

然而，青藏高原上，有绿色覆盖的地方，也有绿色不及之地。一路走来，层峦叠嶂中，总见有常年积雪的山脉。雪线的高度是5300 米。倘若雪山在您脚下，那么您在的海拔高度可想而知。这样高度的山峦光秃秃一片，不见些许生命迹象，难怪路过这儿，会头痛头胀，气短胸闷。看来只要是生命，不管是动物植物，超越极限，搁谁都不行。折多山、兔儿山、卡子拉山、海子山、东达山、米拉山口……沿 318 国道进藏，与它们相遇途中，下车，一睹风采。目光所及没有树木、河流，只有寸草不生的山峰、铺天盖地的嶙峋怪石。如果少了路旁刻着它们名字的石头和迎风猎猎的五色经幡，便是一种原始蛮荒的气质。它们的名字大多缘于它们的样貌。“折多”是藏语“弯多”之意，或许以此告诫我们，折多的路途充满艰险。兔儿山远观像兔子耳朵在风中竖立。海子山铺满了整个山原面的花岗质冰川漂砾和 1145 个冰蚀岩盆（海子），是青藏高原最大的古冰体遗迹……它们颇具远古洪荒气质的样貌，极大地满足了我向往一睹地球原始状态的好奇。

在拉萨的第一站是去小昭寺。我曾无数次踏入寺庙，虽不是教中人，也颇懂些规矩。然而，踏入小昭寺，方才发觉这儿非内地，一切皆陌生，随人流转下经筒，尚且出错，两次被好心的藏族同胞纠正。随人流进入殿堂，更是不知所云，那种心灵上的忐忑和手足无措，不亚于初入大观园的林黛玉，步步留心，时时在意。

接下来的游览再不敢造次，是在导游的引领下完成的。即便如此，对导游的讲解，也听得云里雾里。这实在是一个异常陌生又广阔的领域，没有一点佛教知识，即便我们走进了几座寺庙，也注定毫无收获。它林林总总的经典秘籍，以及所蕴涵的深意，珠穆朗玛峰般横在我的面前，让我感到难以逾越，只好望洋兴叹，任由它神秘下去，千年万年。

2018 年 6 月 18 日

原载《西部散文》

脱盲

这几天，“盲”字总引我思考。说到它，让人首先想到的，肯定是眼睛。尽管因为看手机视力越来越差，可我说的并不是这个意思。我所说的“盲”是地盲。尽管沂源与临淄一衣带水，我却因孤陋寡闻而成盲。

接到笔会通知时，我正在西藏旅行。虽然网上有关沂源的信息很多，旅途中战斗般的紧张，令我无暇顾及。回来后忙着处理积攒下的一堆事务，所以直到进入沂源，我依然未得脱“盲”。幸好并无大碍，正好借着笔会的机会，来一次“扫盲”。

文友群就像一个大家庭，聚集了全国各地的文学爱好者。我与沂源的大山、美峰先生，虽在群中多有交流，却未曾谋面。交流时曾告诉过我他们所在城市的，只因省内带沂字的区县我多有混淆，忘记了。如果没有笔会上的介绍，在网络以外的世界里，我们依然陌生。

说到相识，让我想起涂磊的一段话来，他说：“共同喜欢什么，是同伴，共同厌恶什么，是同志。”我跟大山先生，正是因为有着共同的厌恶，成了经常交流的同志。

第三期《稷下散文》，有我写的《市井随想》，徐美峰先生是责任编辑，我们因此有所交流。之后，美峰先生发了他以前获奖的自传体散文给我，他因此成为我在网络中了解最多的一位。更加荣幸的是通过此次笔会认识了著名诗人、作家、文学评论家吕鸿钧先生和沂源县作协的主席、副主席们，新老文友之间有了更多的了解。

关于沂源，许多东西是从网上获取的。笔会使我认识了鲁山，也使我对山东省中南部连绵起伏的山脉产生了兴趣。经网上查询，终于了然。自泰山至潍坊时断时续高高低低的山峰，分别隶属于四大阵营。以泰山为主峰的泰山山脉，以鲁山为主峰的鲁山山脉，以沂山为主峰的沂山山脉和以蒙山为主峰的蒙山山脉。而沂源，不但有鲁山山脉的主峰鲁山，还有沂山山脉的一部分。境内光是有名有姓的山峰就有 1983 座，大小河流 1530 条，在水资源日益减少的当下，沂源的富有无谁能及。这儿山多，绿化率也高。树木多了，就会绵延成林。森林覆盖率高了，空气中的负氧离子含量就高，空气便可得到净化，因而就具备了适宜居住的要素。沂源正在走的是一条注重生态保护的良性发展道路，这样的良性发展弥足珍贵。对此，大山同志深有感触。他说外出归来，只要一入沂源境，会立刻感觉到空气的清新和呼吸的顺畅，这也是我们来到沂源最真切的感受。

在经济发展成为第一要务的几十年后，我们才深切意识到环境对于人类生存的重要，才有了当下的竭力倡导。然而，毁损易，恢复难。各地想要有沂源这般的山清水秀，这样的空气清新，尚有一段极其漫长的道路要走。

登上鲁山，呈现在眼前的，是一片无人工雕琢的原山原貌，石是自然的石，树是自然生长的树，仅有的人工雕琢的痕迹，是对上山之路的修整。沂源人大智慧，深谙天人合一之道，因此才有了这道法自然的最高境界。

从地图上看，沂源像极了一头背驮牧童的老牛，悠哉乐哉。我仿佛看到，牧童手执长笛，吹奏着悠扬婉转的旋律，就像一步一个脚印走在前进路上的沂源，正演奏着祥和的田园牧歌。

每一座城走过的岁月，总会留下一些弥足珍贵的痕迹。然而，这些痕迹不仅要饱受岁月风雨的侵蚀，更会面临人为的破坏。伫立在这片土地上的那处牛郎织女的景点，一路从唐朝走到今天，走过了千余载的岁月，却样貌依旧，风采依然。它的存在，不仅给这座城增添了深厚的文化底蕴，也赋予了它许多的小布尔乔亚情调。让我们从中读出的，不单是这座城对历史遗迹的保护意识，更是它的博大胸怀，它的独具慧眼，它的远见卓识。

时至今日，我方才明了，沂源是沂蒙山区重要的组成部分。这等稍加留意便可知晓的地域概念，我却一直迷惑，这令我倍感汗颜。我们毕竟是唱着蒙山高沂水长，听着红嫂的故事，对这片土地怀着无限敬仰长大的一群人。我一直不敢忘记，早已镌刻进心灵的那一串数字：420 万人口，140 万参军支前，3 万献身疆场。“我就是躺在棺材里也忘不了沂蒙人民。他们用小米供养了革命，用小车把革命推过了长江！”此时此刻，陈毅将军黄钟大吕般的慨叹又在耳边响起。沂蒙，我们不会忘记！

2018 年 6 月 30 日

一见钟情

说起与马莲台的相识，已经有些年头了。那年回来参加同学聚会，返回时，同学们热情相送。他们选择的地点就是马莲台，是不是在田园山居我记不得了，只记得那是我第一次来这儿。

同学开着车，一路欢声笑语。当马莲台映入眼帘时，一股清新之气登时袭来。我举目四望，到处是一片原生态的台地沟壑，其间芜杂生长着各色树木、花草黍稷，杂乱而毫无章法，散漫又不着边际，却与掩映其中的田园山居相映成趣。这绿意深处荡漾出的清雅香幽，恍若《诗经》里漫起的诗意，和着风儿吟唱、鸟儿呢喃，丝丝缕缕弥散开来，溢满山居原野，沁人心脾。我不禁恍然，原来一直神往的某种境界，就是这种能荡涤愁烦的清旷不染。这些曾经熟悉而后陌生的景象，极轻易地触碰到了我心中最深邃柔软的部分，瞬间将我沉寂已久的心绪点燃。

回去后，我写下了这次浪漫之旅。虽然发表时，文中关于马莲台的篇幅被卡掉，因它勾起的对这种清旷不染的钟情迷恋，让我在接下来的日子里，淘遍泰城周边，最终在一处有着同样景色的地界购一小墅，也算是了却心愿。

这种一见钟情的感觉很好，有一种“梦里寻他千百度，蓦然回首，那人却在灯火阑珊处”的惊诧和欣喜。然而，这种被浓缩于一眼之间的钟情，却也惹我思考。我一直以为，所有的好恶都有源头可追。

或许决定一个人思想方向，左右一个人审美的因素很多，如生活阅历、所受教育、耳濡目染中得到的熏陶……就像《荀子》中写子贡、季路，称他们为天下列士，是源于文学礼义的教化。或许正是传统文化的濡染教化，成就了我们独特不二的精神世界。平日里虽无察觉，可一旦契合了心性，便会瞬间萌生出一种相见恨晚的情愫。

我对马莲台的这种一见钟情，或许源于我童年的乡村生活。但这份钟情，也不是与生俱来的。恰恰相反，随着与成长相伴而生的自我意识的苏醒，使我感到了村子空间格局的狭小。我的目光因此投向了村子以外的世界。于是走出村子，来到外面的世界安身立命，并与村庄渐行渐远，远到缺失了目睹它们消亡与崛起的过程。青春稍纵即逝，忽然一日，心中生出一种萍踪絮迹般的不安，进而产生的是对我逃离般作别的村庄的思念。它清旷的田野，七拐八拐的街巷，弥漫于村子上空的缕缕炊烟……都觉美好。慈祥和蔼的婶子大娘，童言无忌的发小玩伴，都觉思念。即使村庄已经消失，它的样貌，却依然在我的记忆里充满着生机。远离家乡数十载后，我又带着对它浓浓的眷恋返回，来到母亲身边。此时的母亲已没了当年的身强力壮，成为需我们照料的老人。

虽然，周边的村庄还有不少，却只适合居住，不适合打扰。作为外来者，倘若三天两头现身某个村子的街头，一准儿会引来异样的目光。马莲台恰恰相反，不论您一天光顾几回，都会心安理得。它因此成为一处适宜追寻乡村气息，品尝乡间美食，追忆乡村生活的地方。

我们隔三岔五会带着母亲到这儿及周边游玩，这几年我们走遍了这儿的每一个角落，知道哪儿是荠菜的乐园，哪儿是蒲公英的天地。我们在这儿不但能找回我们对于乡村的共同记忆，也吃到了儿时祖母和母亲所做的饭菜的味道。

到了夏季，这儿又是纳凉的绝佳之地。几乎每个寻常的傍晚，弟弟都会开车载着年迈的母亲、弟妹笑笑、妹妹雪莲和我，到这儿的最高处散步乘凉。母亲虽不能如我们般行走，却喜欢被我们搀扶慢行，更喜欢坐在停下来纳凉的人们中间，听人闲谈。每听到有人夸她多子多福，便是满脸的心满意足。

正在被政府投资美化的马莲台，正在被赋予越来越多的人工雕琢的痕迹，朝着公园的模式发展。对此，我不能妄加评判，毕竟政府面对的是一个异常广大的群体，不可能满足每个人的想法。更何况每个人有每个人独特的审美，面对同一种事物，一千个人会有一千种不同的看法。但是，我还是期待在这块土地上能保留些自然的面貌，留出一片让它们兀自荒芜、兀自杂乱和散漫的天地。

2018 年 7 月 5 日

原载于《西部散文选刊》2021 年第 11 期

惠及子孙的千秋伟业

这是一座有着深厚文化底蕴的城，无须我多言，从城区的街道名称便可见一斑。桓公、晏婴、遄台、稷下、闻韶……如果您了解齐国历史，这些名称的含义自会知晓。即便不甚了解，稷下学宫也该是知道的。

在几千年前的辉煌成为追忆的当下，临淄的文化教育事业依旧不容小觑。这是我接到一对一写作任务，听取过王军董事长的介绍，对淄博齐鲁幼教集团作过深入了解后的有感而发。

说来惭愧，我虽然居于这座城，但我所关注的，大多是这座城中那些琐碎的寻常人事，印象深刻的，多半与吃的玩的相关，其他能够引起我兴趣的也就是这座城具有两三千年的久远历史。对于这座城和城中的企业，他们每年经济文化上的一大堆指标、数字、奖项、政绩……我大多默然视之。如果没有这次对淄博齐鲁幼教集团的专访，抑或不用将此次专访形成文字，或许对那些数字奖项之类的东西，依然不会关注。原来我忽视的，是这座城和城中企业集团奋进腾飞的现实版，我漏掉的，是最能照见它们成长轨迹的东西。这种认识上的改变，也让我觉得不虚此行。

我们的祖先在进化过程中，脑重量较其他动物明显增加了。这种变化所带来的，是母亲分娩风险的显著增加。说来造物主还算仁慈，没有选择在我们降生时，剥夺掉母亲的生命，而是做出了让我们提前降生的决定。于是乎，我们无一例外的，带着许多重要器官尚需发育便来到世上，成为一个有着软塌塌大脑壳的“早产儿”。有得必有失，有利必有弊，可谓放之四海而皆准，上苍在赋予我们智慧的同时，也收回了我们出生时就能奔跑、觅食和独立生存的能力。对于母亲，虽然不像那些生产后的洄游鱼儿，被剥夺了生命，却给她留下了心智混沌，仅会吸吮的小不点儿，使她在此后如许长的岁月里，充满牵挂，含辛茹苦，操心费力。

尚不说十八岁成年离开父母步入社会，且说以学龄为界，将教育期一分为二，两者比之，幼儿期是身体发育的关键期，是智力开发的最佳期，是个性品质形成的萌芽期……基于此，幼儿教育事业的重要性就凸显出来了。

我们的脑细胞数量多达 150 亿，被开发利用的不足百分之十。许多年间，我一直羡慕过目不忘的聪明人，偶也从报纸杂志上读到过，关于六龄前是脑部发育关键期的文字。直到与淄博齐鲁幼教集团接触，查阅资料，对幼儿教育作过深入了解后，我才明白，右脑捕捉到的信息数量，比左脑多百万倍。原来那些令我艳羡的聪明人，是在右脑发育这一关键时期，被他们的父母或是老师，放在了一方教导强化直觉行动思维和形象思维的天地里。其实，大脑有很多区域。这些区域有各自不同的功能，能在对的时间里得到对的训练，同样重要。人是有很多种能力的，譬如语言表达能力、肢体表达能力、逻辑思维能力、想象力、观察力、自然反应力、承受力……我们见过的那些各方面能力发展非常均衡之人，一定是儿时大脑的各个区域功能得到过对的开发训练，这点毋庸置疑。

大脑偏爱色彩、大脑喜欢问题、大脑崇尚愉悦、大脑喜爱水分、大脑需要优质的食物……淄博齐鲁幼教集团，针对幼儿期脑部特点，将其一一融入他们的教学和管理，孜孜以求，做到了省内同行业的顶尖水平。他们深谙“授人以鱼不如授人以渔”的道理。我想，经过他们这样专业教育出来的孩子，进入学龄期，定会在各方面展现出卓越的能力。然而，他们注重和追求的远不止这些，还有幼儿性格的形成、人格的发展、体魄的强健、想象力的保护、自主探索能力的培育……

淄博齐鲁幼教集团诞生于实力雄厚的国有大企业，随着改革的推进，2006 年完成改制。那时的幼教集团，像极了一位生于皇家，不惑之年流落民间自谋生路的皇子。集团虽然深得国有大企业的培育，深受企业文化的浸染，团队有着深厚的精神文化内涵和专业素养，在失去支撑的时候，能够顺势而为，走出低谷，获得发展，步入辉煌也绝非易事。常言道：创业难，守成更难，因为不是所有的繁华都能永不凋落。守成者难当大任，导致大厦倾塌者不无先例。值得庆幸的是，这个与齐鲁石化公司相伴而生的幼教集团，非但没因断其支撑而倒下，还在集团领导的带领下，百尺竿头更进一步，走出了一条适合自身发展的道路，顺利步入集团的知天命之年。

我非集团中人，无法详述这是怎样的五十年，但我知道，是他们的无私付出，成就了集团的今天。

集团改制后，依旧秉承着大型国有企业多年凝练而成的“团结勤奋，争创一流”的企业精神，不断探索，锐意创新，逐渐建立起具有国企改制幼教机构体制特点的新模式、新体制，使集团有了飞跃发展。时至今日，已经由单纯招收石化子弟入托发展成为面向全区，以幼儿园事业部为主，涵盖亲子早教、艺术培训、教育科技服务四大领域，产业链丰满的大型综合性教育集团。截至 2018 年，集团旗下拥有全资直营幼儿园 17 所，其中 12 家省级示范园，1 所市级十佳幼儿园；培训事业部，拥有齐鲁石化少年宫和齐都花园教学部两所分校和一所合资办学机构；亲子园事业部，拥有彩虹伞早教亲子园及教学点 5 所，专业儿童游泳馆 1 所。到目前为止，在册学生已突破万名大关。

集团始终将科研放在第一位，在其成立之初，便建立了学前教育研究会，对重点课题、管理难题进行研究攻关，通过不懈的努力和不断的积累，形成了一批以“阳光”命名的系列课程、课题和完善的管理体系。由此形成了他们强大的竞争力。

改制后的十多年间，集团累计投资 4000 余万元进行改建、扩建，提高并改善办学条件。旗下 12 所省级示范园环境、教学设施、玩教具、网络传输、办公自动化系统、安全技防人防条件等，均领先于同行业。2010 年，ISO9001 质量管理体系认证顺利通过，一跃成为率先通过认证的国内大型幼教集团，并先后荣获淄博市 5A 级社会组织、学前教育先进单位；2007—2017 连续 10 年被评为淄博市教育局办学单位，2007—2017 连续 10 年荣获临淄区教育局年检第一名；2009—2016 年被评为山东省艺术考级先进单位、淄博市艺术考级先进单位。近期参加临淄区教育局组织的由 100 多家幼儿园参加的校外教育主阵地临淄区技能大赛，设立的 21 个一等奖中，他们摘冠 7 枚，获综合排名第一。展现艺术教育成果的小百灵艺术节，已连续举办 28 期。

驻足回眸，集团的昨天与今天已不能同日而语。

德国著名哲学家雅斯贝尔斯说：“真正的教育是用一棵树去摇动另一棵树，用一朵云去推动另一朵云，用一个灵魂去唤醒另一个灵魂。”我想这便是教育的本真。“把握教育本真”也是王军董事长介绍他们集团的开篇之言。他将他们从事的教育事业定位在“惠及子孙后代的千秋大业”这样的层面。为了这一伟业，他们秉承的是以人为本的管理思想，建立的是完整的技术人才、管理人才和操作人才成长通道和培养机制，强调的是不过分产业化，不以盈利为目的的教育理念。

他们是这样说的，也是这样做的。他们是在民政局注册登记的社会组织，以公益为前提，也是他们从事教育的又一重要理念。他们的每一位老师同时也是志愿者，根据自己的职业特点，备有公益课程。培训事业部每周都会向社会发布公益课信息，吸收家长和孩子，走进青少年宫的这些公益课堂进行学习。他们的公益课涵盖面广，知识性强：国学、书法、作文、中国传统文化、艺术点亮人生系列课程……门类繁多。还专门邀请国内知名教育专家、团中央下属的品牌——知心姐姐等前来授课。不但讲给孩子、讲给父母，也讲给爷爷奶奶。

作为志愿者，他们经常深入社区扶贫帮困，到周边的一些农村送教下乡。另外，还有一些对身体特殊、智力有差异的孩子的帮扶。去年创建文明城市，还获得了民政局资助的“大手拉小手，文明一起走公益活动”项目，利用小舞台，编文明用语口诀等形式，进入各个社区宣传，获得社会的认同和一致好评。

有人说：“教育是‘慢’的事业，容不得我们急功近利、揠苗助长；教育是静静的陪伴，是教师和学生共同成长的过程。”这种理念下衍生出的教育方式，对于幼小的孩子尤其重要，幼教集团的引领者懂得，所以，他们每年都会选派教师外出培训，近期又准备投入350万元，对4所幼儿园的70名主班老师进行培训。其用意之一就是提升老师们的整体素质，陪伴宝宝们共同成长。

有时在公园、在商场，看到带孩子的父母，我总爱透过他们的言谈举止，揣度他们作为父母是否称职。看到我自认为不称职的，便会暗自替孩子惋惜。孩子关乎国家民族的未来，总希望有人针对准备结婚生子的年轻人，做一下育儿方面的培训。最好国家能出台政策，对备婚备孕者，做出接受幼教培训的明确规定。

跟王董事长交谈时得知，他们集团一直有针对幼儿父母设置的公益课程。他们集团早已是山东省优秀幼儿家长学校。他们每年都组织大量有关家长培训的活动。有体验式的家长会，家长走进来体验当老师的感觉，跟家长一起组织活动，一起为孩子搭建各种互动的平台。但是，他们也看到了幼儿家长育儿观上的不同和修养上的差别，仅通过这样的形式，无法真正践行他们倡导的家园共育。所以，前面提到的350万元投入的另一用途，便是从教师中培养家庭教育指导师，然后开设课堂，从而搭建起一个真正意义上的家园共育命运共同体。

此时，2018年已接近尾声，王军董事长带领的团队已经在做新一年的工作安排。做公益依然是他们工作中的重中之重，2019年他想到沂源去，已经跟当地的一个乡镇联系过，想给那儿的幼儿园或学校建一个专门的图书室。愿他的计划能顺利实施，愿他们集团的教育事业越办越好，惠及更多的子孙后代。

采访结束时，王董事长指着悬挂于墙上的书法作品读道："为员工谋福利，为企业创效益，为社会做贡献。"我没问，这或许是他的座右铭也未可知。

2018年12月18日

本文获淄博市社会组织总会、淄博市企业界文学艺术联谊会文学志愿者走进社会组织采风入选奖，并编入《涓流入海》一书

走在播撒阳光的路上

日子过得顺畅，感觉时间也加速了。落笔前看了日历，2019 年不知不觉已过去了 5 日。昨日早晨接到潘主席信息：参加对淄博市保险行业协会的采写。我匆匆扫一眼她发来的有关协会工作情况的介绍，才发现，这是一个非常陌生的行业，陌生到我读过之后，连些许模糊的印象都未留下，不及多想，便带着满心的茫然，匆匆上路了。

采访该是带着问题去的，我却没有。因为我首先要做的，是去熟悉他们这个协会，熟悉他们的工作日常。

在此之前，我对行业协会仅有的一点认知也是来自电视剧。受其影响，行业协会留给我的印象，被程式化地定格了。每每提到，我想到的必是电视剧里的商会，眼前展现的，不是一位德高望重的儒商麾下，聚集着一帮老谋深算，为了各自利益争得面红耳赤，甚者大打出手的老迈商人，就是一位倚仗日本人势利坐上会长之位，恃强凌弱、见利忘义，对本分商家颐指气使的汉奸形象。对于现实中的行业协会却是全然无知的。因此，见到迎接我的秘书长、协会的带头人——索利芹时，她的年轻让我有些愕然。趁她倒水之际，我禁不住多看了她几眼。她得体的装束、温文尔雅的神态、举手投足及言语间透出的谦和，让我感受到的，是她深厚的学识，萌生于心底的，是一见倾心的好感。她旗下聚集的，也不是什么老迈商人，而是 10 名平均年龄 35 岁，风华卓然、积极向上的有为青年。他们管理服务的是保险网点遍布全市城乡，有 47519 名从业人员的 68 家市级保险机构，以及众多的保险消费者。她的团队，更是我们省唯一一支全面实现了规范化、专业化、职业化、年轻化的优秀团队。

保险进入我们的生活，已经有些年头了。如今说到保险，街头巷尾，可能已是人尽皆知了。人们的保险理念，也随着生活的富足，危机意识的提升，逐渐深入人心。各色险种，也在众多从业者的推介下，逐渐进入大众视野，走进了万户千家。然而，直到我接触淄博市保险行业协会，方才知道，我所谓的对保险行业的熟悉，也仅限皮毛。隔行如隔山，且不说对他们业务范畴的陌生，当我听到仅我市就有六七十家保险机构、近 5 万名从业者时，还是有些震惊的。或许这恰恰说明保险是一个真正播撒阳光送人保障的产业，有着庞大的消费群体，深受广大人民群众的青睐。

我自认为，保险推销员一职，绝非寻常人能够胜任。望着他们的身影，我总会想起和尚庙里卖梳子的故事。这个团队聚集了很多有卓越营销能力的聪明人，他们的思维远远超越了传统观念。如果将他们放到上述故事里，定不乏卖出一千把梳子的营销天才。在省医院进修时，时任神经内科主任的张镛博士说过这样一句话：“小科室，大舞台。”小科室的舞台上都是群星闪烁，何况在这样一个地级市内，六七十家保险机构，还有如此庞大的营销团队。他们的同台而舞，该是怎样的精彩纷呈。然而，有人群的地方就有矛盾，何况是这样一群聪明人，在激烈的市场竞争中同台共舞，难免磕磕绊绊，矛盾不断。然而，摩擦并非仅存在于他们之间，更存在于他们与消费群体之间。他们的消费群体，又是三观迥异、认知修养参差的芸芸众生。保险不同于其他买卖，保单的完成并非终结，而是契约履行的开端。两者之间，在接下来的日子里，依然会有许多沟通接触。其间暗藏着成交时意想不到的诸如保险欺诈、行业内不正当竞争、骗保、退保以及理赔给付中的重重矛盾。这些行业与行业之间，行业与消费群体之间矛盾的解决，都需要搭建一个连接政府、公安、交通、医疗等公平公正的第三方平台。1998 年作为第三方平台的淄博市保险行业协会也就应运而生。

一直以来，我认为民间组织是一种松散的、可有可无的存在。然而，此次访问，这个仅有 10 名职业人的行业协会，彻底改变了我以往的看法。或许，世上总有这样一群人，在一个不被看好的行当里，做自己喜爱的事情，方向坚定，心无旁骛，将一个不被看好的剧目演绎出别样的精彩。索秘书长带领的保险行业协会就是如此。他们靠着对自律、维权、服务、交流、宣传这一基本职责一丝不苟的践行，靠着他们一碗水端平的公平公正，靠着一心为行业谋求发展的执着，靠着全心全意为行业及消费者服务的真诚……将自身打造成了一支行业内不可或缺的优秀团队。

初期的淄博保险行业协会同全国各地的保险行业协会没什么不同，都是经由国家相关部门批准，在民政局注册成立的市级保险业的自律组织。其性质均属于自愿结成的非营利社会团体，有着同样的职责范畴。所不同的是他们在组织建设过程中扬长避短，逐渐脱离了由各保险公司借调和退休人员组成的陈旧模式，形成一支不同于同行业的职业化专业团队，杜绝了滋生不公正的弊端。靠着团队充沛的青春活力、敬业爱岗的拼搏进取精神，将其打造成一支有理想、有信念、有担当的优秀团队，走在了省内同行业的前列。创新不断，亮点纷呈，他们像桥梁、像纽带，更像坐落于市区中央传输处理繁杂信息的网络基站，保证着市委、市政府、会员单位、保险消费群体之间沟通的顺畅。他们成为促进与推动我市保险市场良性发育与成长的引领者，成为建立统一的、竞争有序的保险市场体系的监督者，也成为保险市场建设和发展不可或缺的重要力量。在他们的监督、促进、支持以及会员公司的共同努力下，淄博市保险行业被评为2018年度中国保险三线城市龙虎榜20强。协会荣获2017年度淄博社会团体先进组织；索秘书长个人荣获2017年度淄博社会组织年度人物。正如有人所言：“你想成为荷花，你又足够的坚决，那么世界上的事物总会有一天成为水、淤泥，你得到他们的滋养，中通外直。”

有人说：“职业是神圣的，要在圣坛前永远高举崇敬的火把。”这支青年团队，正是高擎着这样一支火把，活跃在行业的舞台上。

为严肃各会员公司关于保险领域的规章制度，去完成每年三次的行业自律性检查。

为保护消费者权益，处理好消费者与保险主体之间的矛盾，设立了消费者保护中心、鲁小宝网络平台，建立了保险中心调解委员会、人民调解委员会。对接到的投诉纠纷，进行多元化处理，其处理流程环环相扣，便捷高效。截至2018年底，淄博分中心共收到电话咨询1800余件，计入有效信访投诉242件；接待有效投诉件来访10批16人次；接电话投诉42次，12345转访189次，省消保中心转办1件，鲁小保平台受理投诉66件。涉及人身险公司投诉111件，财产险公司投诉131件；结案227件，结案率为93.8%。

为增加保险行业与法院的互信，进一步提升保险行业的话语权，推动会员公司与市中院和部分区县法院建立了在重大疑难案件审理前组织会商的联系沟通机制。该机制年内已调解案件17件，调解金额9022万元。

为了使保险纠纷的处理更符合行业规则，在保险业内选聘26名仲裁员，参与保险纠纷案件的审理。截至2018年，全年保险合同纠纷仲裁案件 67 件，标的额 886.41 万元。

为化解金融风险，守住规避系统性风险的底线，设立了每年对会员公司的风控培训、演练和日常监督管理。每年年初，都要调取会员公司全年的数据进行观察分析，并对日常数据进行监测，一旦发现现金流风险，可做到及时沟通规避。协会组织召开保险业消费者权益保护工作会议，传达上级会议精神，布置年度消保重点工作。协会组织召开人身险满期给付风险预警工作会议，通报年度满期给付的基本情况，分析研究存在的压力及舆情监测预案，对如何降低咨诉和满期给付风险点提出方案。

为规避行业风险，他们进行了行业险种的推广。譬如医疗系统的医疗责任险，安监局下属的安全责任险，企业厂矿单位的强制险，交警部门的交强险，环保部门的环保险，财政局、农业局、畜牧局所属的农业政策险等，他们承担的不只是推动对接促成，还有接下来每月每季度审核会员公司关于这些险种执行情况的资料汇总。

为了防止在一些大型企业保险业务招标过程中的不正当竞争，他们作为保证招标公平公正的第三方机构，承担了接受会员公司标书报备和把控审核的任务。

为提升会员公司人员的专业素养，他们每年都会对会员公司人员进行大量培训。有针对公司高管的培训，针对各部门宣传员、统计员、仲裁员、调解员、理赔员的培训。

为提升员工的政治素养，他们组织会员公司的党员走出去接受红色教育，将宣讲基地宣传团老师请进来，在党员活动日授课。他们申请的思想宣传教育基地年前也已获批。准备将党的思想、方针、路线、政策的宣传，纳入每年对员工的培训之中，长期进行下去。

为了大力弘扬保险行业核心价值理念，提高全社会保险意识、改善保险行业形象，他们在每年的 3·15 消费者权益日和 7·8 保险公众宣传日，举办由整个行业参与的一些大型宣传活动，并与相关媒体合作，每季度召开一次行业性的新闻通报会，做一些相关主题宣传。索秘书长还是位有心人，很注重在平时的工作中收集资料，针对工作亮点难点，以论文形式呈现出来。她的论文，去年在省协会关于新时代新气象新作为以及加强山东保险文化建设，引导行业健康持续发展主题征文中两次获奖。她不但自己写，还鼓励员工和会员公司员工写，并将他们书写的关于消费者权益保护、理赔、风险提示等方面的稿件推送给各种媒体。她还很注重传统文化的学习，不但自己学，还带领她的团队一起学。对于像《论语》这样难懂的古文，她都会连同译文一起，每日一篇推送到他们的工作群中，督促大家学习。

他们深谙“不满足是向上的车轮”的道理。工作中，不安于现状，不故步自封，始终立于潮头，积极向上，引导行业增添新的亮点。近几年，他们针对实际问题，推出的以下几项举措，项项走在省内同行业的前列。

他们针对车辆增多，交通事故频发，阻塞交通的问题，推动会员公司与公安交警部门合作，开展轻微道路交通事故快速处理业务，平均每天快速处理事故12.78起，大大提高了道路通行和运营能力。

节假日期间，他们推动会员公司与淄博高速交警合作，组织开展高速公路事故快速处理，为顺畅出行带来便利。

针对消费群体就医问题，推动会员公司实施的定点医院选择，解决了保险消费者群体的就医难问题。

为解决民营小微企业贷款难，他们推动会员公司联合金融办、财政局等相关部门，推出（一种贷款保证保险）政银保+业务，有效解决了民营小微企业贷款难问题。

为净化保险市场，他们与公安刑侦部门合作，开展“安宁

2018”反保险欺诈区域专项行动，破获了一批保险欺诈案件。

为确保长期患病者得到及时有效的专业护理，减轻他们的家庭负担，推动了“长期护理险”的实施。

他们时刻牢记自己公益组织的身份，一直将公益事业放在一个重要的位置，做了大量的公益活动。

他们与新兴社区签有长期帮扶协议，为社区安路灯，完善宣传栏的建设。

他们参与市民政局发起的双十帮扶计划。去年10月与南沙井村第一书记签约，建立了联系，确定了帮扶方案。他们打算在2019年这一年里，对贫困家庭、贫困家庭的学生进行帮扶，并利用该村落自然环境优美的优势，做些旅游方面的帮扶，将他们大量的培训课堂搬到那儿。

平日里，他们也经常带领会员公司参加绿丝带公益组织的植树、募捐活动；去慈善总会做志愿者，帮助运送慈善物品；去街头做文明使者，指挥交通。

每年的春节和中秋节，去淄川看望因意外大病致贫的被保险人，去沂源北流水村慰问贫困家庭，去新兴社区的贫困家庭进行帮扶。

六一儿童节，他们带上玩具、食物、生活用品，去福利院看望孩子……

采访接近尾声，与索秘书长的交谈，让我对他们协会有了深入的了解。也让我认识了一个更加真实的索利芹。有人说：“性者，乃神之基也。知者，格物之意也。知性者，知万物并作而唯神自立也。”对，索秘书长就是这样一位知性女子。

来不及品味的2018年，已随逝如闪电的光阴悄然远遁。然而，农历依然将我们留在了2018年的岁末。农历的年底毕竟更像年底，我采写的这个热心公益事业的行业团体，在带着狂欢特质的春节来临之前，会不会已经带上他们暖暖的爱心、浓浓的情意，辗转于淄川、沂源、南沙井村、福利院、新兴社区……

2019 年 1 月 7 日

本文获淄博市社会组织总会、淄博市企业界文学艺术联谊会文学志愿者走进社会组织采风入选奖，并编入《涓流入海》一书

绝知此事须躬行

与以往任何类似的活动相比，此次采风活动获得的，更多的是激奋和感动。这是目睹淄博市生态文明建设工作成果时的感受。

追溯对环境污染问题的认识，是在20世纪70年代末期的大学课堂上。老师关于环境污染的讲述不能说不精彩，却未能在我心中激起太多的波澜。随年龄增加，心中更多了一份“位卑未敢忘忧国”的责任感。随着自然生态环境问题日益突出，政府、媒体的发声日益增多，一份对自然生态环境状况的担忧，也就此压在心头。

这才意识到，人类近代历史上三次重大的科技革命，在带来空前大繁荣的同时，也给自然生态环境带来了累累伤痕。在此之前，或许无人能够预料，在这样的浪潮中，什么会悄悄兴起，什么会渐渐消亡。我们在享受它带来繁荣的同时，却不知打开的是一个怎样的“潘多拉盒子”。

正如有人所说：“没有任何安宁不隐伏恐惧，没有任何满足不带有缺陷……”随着工业化进程的全面加速，我们在享受物质上的富足、出行的便捷、生活的多姿多彩以及涵盖各个领域的精彩纷呈的同时，也不得不去面对工业废弃物的大量排放、全球变暖、原始病毒复活、江河湖泊污染、土壤重金属毒化、地下水超采、雾霾、大量耕地资源被占……发展对自然生态环境带来的破坏已经史无前例。

早在20世纪70年代，我们对地球生态系统的需求已超出了它的可再生能力。只是这样的问题，并未引起我们足够的重视，随着时代的发展，一些高能耗、高污染的企业纷至沓来，开启了一个高速发展也高速污染的大繁荣期。截至 1999 年，我国的荒漠化土地面积已达 267.4 万平方千米，占国土总面积的 27.9%，每年仍在增加 1 万多平方千米，全国 600 多个城市中，已有 400 多个城市供水不足，全国 100 多条流经城市的河流有 70% 被污染，酸雨面积已占国土面积的 30%。当时针指向 2008 这一年，“全球生态赤字率已达 50%，人类需要一个半地球才能生产其所利用的可再生资源和吸收其所排放的二氧化碳”。在我们取得的一系列令人瞩目的成就背后，付出的，是以过量消耗资源与牺牲环境为代价，是对自然、对环境掠夺性开采基础上的增长。去年 3 月，随着地球上“最后一头雄性北方白犀牛苏丹的离世，生物多样性丧失的警钟在不停地鸣响”“由于人类活动的影响，现在物种的灭绝速率被证实已经是正常背景灭绝速率的 1000 倍”。

自然生态环境的恶化，已经像一把“达摩克利斯之剑”高悬在我们头上。我们在享受社会进步和现代文明成果的同时，也不得不接受空气不再清新、食品不再安全、土壤被重金属污染、蔬菜有农药残留……物种灭绝的速率大幅度提升等一系列恶果。

我们赖以生存的地球已经从不堪重负到了积重难返的边缘。人类也需要反省自身了，回望来路，重新审视往昔的恣意妄为。倘若继续一意孤行，不去纠正错误，弥补过失，地球可能再也无力展开庇佑的羽翼，给我们一个安全的生存空间。

值得庆幸的是，2004 年中央提出“彻底改变以牺牲环境、破坏资源为代价的粗放型增长方式”等具体要求。随着十七大的召开，生态文明被赋予了与其他文明同等重要的地位。自 2013 年始，习近平总书记更是反复强调“绿水青山就是金山银山”的发展理念。

“创新、协调、绿色、开放、共享”的观念日益深入人心。坚持“节约优先、保护优先、自然恢复为主”的方针，更加成为一种发展共识，自然生态保护进入高速发展的历史时期。我们此次参观的，便是 2013 年以来，我市自然资源局遵照省、市两级政府要求，开始的矿山复绿项目。

5 年中，淄博市委、市政府将露天矿山综合整治和绿色矿山建设工作放在生态淄博建设的高度。市自然资源局会同市财政、环保、质检、银监分局等部门，联合发布《淄博市绿色矿山建设实施方案》，并成立专门领导机构，外学内创、试点先行，发布《淄博市国土资源局关于发布绿色矿山建设要求的通知》，探索建立“政府主导、政策扶持、社会参与、开发式治理、市场运作”的矿山地质环境治理新模式。全市各级自然资源部门为了自然生态环境建设，上下求索，呕心沥血，躬身前行，争取支持，筹措资金，制订矿山生态修复方案，压实区县政府责任，层层分解修复目标，限定修复时限，实行一月一调度、一月一通报制度，累计投入 19 亿元，恢复治理废弃矿山面积达 22000 余亩。在全省绿色矿山建设推进工作现场会上，我市在绿色矿山建设工作中取得的成绩，得到省国土资源厅领导的充分肯定，称赞“淄博市绿色矿山建设站位高、起步早、成效显，具有很强的示范性和指导性，走在了全省前列”。

在接近两天的采风时间里，我们奔赴全市十余处绿色矿山建设、地灾防治、矿山复绿项目建设现场进行文学采风。

淄川区是一个百年老矿区，2011 年被国务院确定为第三批资源枯竭型城市。在那些刚刚摆脱贫困，环保意识淡薄的岁月里，仅开采造成的破损山体和露天矿坑，就大约有 2 万亩。面对这样大面积的自然生态恢复，市自然资源局会同淄川区政府，实施已关闭矿山生态修复规划，制订出台《淄川区绿色矿山建设实施方案》，在

2017 年底完成的 7 家矿山修复基础上，又开工矿山修复 22 处，计划 2020 年基本完成全部关闭露天矿山的生态修复。目前，2017 年治理完成的这片满目疮痍的废弃矿区，已绿树成荫，花草繁茂。另外，他们还先后经过了三轮治理整合，将石灰石矿山数量由 90 家减少到目前的 9 家。

整个行程对我而言都是一次全新的体验。治理后的新型矿山的建构，已经远远超出我的想象。我欣喜地看到，他们现在走的已经是一条在保护中开发，在开发中保护的绿色经营之路。在市自然资源局的督促监管下，这些企业全面遵循了边开采、边治理、边复绿的发展理念，实行的是“采石不落地、碎石不见声、运石不见灰”的先进生产模式。不论是水泥修建的 2.7 千米石灰石运送皮带长廊，还是全封闭式结构的钢板仓储存和自动化装车系统等一系列降尘设备，将生产过程中的粉尘浓度降低到 $30mg/m^2$ 以下，达到国家制定的排放标准。在复绿过程中，“在矿山边坡采用挂网、客土、普根生、富特拉等技术”。

对文昌湖冲山废弃矿山采取“矿山复绿 + 土地开发”相结合的模式，投资 4800 余元，通过实施地质环境恢复、土地平整、砌筑梯田、回填覆土、田间道路、水利灌溉等，恢复治理面积 1700 多亩，其中新增耕地 1500 多亩，使废弃矿坑旧貌换新颜，成为清泉喷涌，能够满足新增耕地灌溉的命脉之泉。

对于煤矿我并不陌生，我接触过很多矿工，也曾下到过 800 米深的井下，参观过境内最先进的矿井。然而，王庄煤矿是我见过的最有创新精神和创新能力的企业。他们在《能源技术革命创新行动计划（2016—2030 年）》有关煤炭无害化开采技术创新战略中，做出突出贡献。他们先后自主研发了具有里程碑意义的“高水膨胀材料充填采煤技术”和“洗煤技术”，并分别获得山东省 2010 年度科技进步一等奖和 2011 年度科技进步三等奖，申报专利 26 项，其中授权发明专利 11 项、实用新型专利 15 项。2017 年自主研发的综采充填支架获得国家安标中心认可，并取得“MA”标志。

近年来，在各级政府的领导下，淄博市自然资源局还以“夯基础、突重点、严防守、强能力”为出发点，扎实推进了这 4 个体系的建设，明确了 123 处地质灾害隐患点，委托境内地质勘探和气象部门单位提供技术支持，全程巡视，织密和加强了地质灾害检测预警和地质灾害救援体系，成立了两支 26 人的专业应急队伍，积极组织重要地质灾害隐患点应急演练。在第 49 个世界地球日宣传活动中他们先后组织开展了展板宣传、阳光乐跑、科技报告会等活动，还联合市文明办、大众网等单位主办“手绘美丽地球，生态阳光乐跑活动”，被淄博电视台、国土资源局、大众网等新闻媒体播出刊发。对高危隐患，督促地方政府投资，对地质灾害隐患点实施治理工程。

这些成绩的取得，淄博市各级自然资源部门功不可没，他们看似寻常的工作，却彰显着伟大，他们在自然生态环境恢复中所做的和正在做的，都是惠及子孙、利在千秋的伟业，在自然生态环境恢复过程中，留下的是浓墨重彩的一笔，值得我们的子孙后代永远铭记。

在第 50 个地球日即将来临之际的这次采风，可谓是希望之旅。通过参观，看到了淄博市各级政府、自然资源局对“绿水青山就是金山银山”这一发展理念一丝不苟的践行，看到了他们引领各大矿山企业走向绿色环保过程中上下求索的执着，也看到了自然生态环境向好的曙光、希望和卓然成效。

然而，自然生态环境的累累伤痕，不是一朝一夕能够扭转的，今后的道路依旧曲折漫长，需要几代甚至几十代人生生不息地不懈努力。倘若我们对生态环境治理的力度抵不过恶化蔓延的速度，灭绝的不单是眼下的这些物种。人类丧钟的鸣响，应该只有迟早，没有悬念，因为我们原本与这些看似卑微的生物同属地球之子。因为喜欢分出三六九等的，或许只有人类，死神从来不管高低贵贱，不分三六九等。

这绝非危言耸听。掐指算来，地球的不堪重负至少已有50年，且日益加重，虽然政府的宣传和治理的力度不断加大。令人担忧的，是破坏易，恢复难，“就算花费大量的人力财力，也往往只能找回曾经平衡状态的一个边角”。

但愿上述那些触目惊心的数据，能惊醒更多像当年大学课堂里的我那般懵懂的梦中人，增强环境保护意识，收起破坏之手，选择一种绿色低碳的生活模式，加入保护地球保护生态环境的行列，为生态文明建设呼吁、奔走。基于此，地球日来临之前的这次采风行动，已经不虚。

最后呼吁，在复绿过程中，尽量不要搞超大建筑、超大景观，还是将有限的资金用在复绿上吧。因为人工建筑物具有很大程度上的不可逆特性。因为“具有涵养水源适合生物生存的土壤是数以万年自然过程中形成的产物；人工建造的钢筋混凝土，一旦形成地表景观，要恢复到自然生态系统生产力水平，至少也要数百年时间”。我们还是尽可能多地让出些宝贵的生态系统容量空间吧，尽可能多地留住些自然之美，让其他生命群落共同分享，让植物健康生长，让它们尽可能多地吸收些二氧化碳。

但存方寸土，留与子孙耕。

本文2019年3月7日编入《呵护地球》一书

便着蓑衣游慢城

一直以来，我都喜欢那些老出神韵的建筑，每到一处，最能吸引我的，必定是它们。蓑衣樊与我想象中的不同，遍寻这个三面环水的小小村落，既未见老出神韵的，也无破败不堪的，有的只是清一色的崭新建筑。白墙青瓦，院落方方正正，整齐划一。虽然全无古旧气息，倒也是民居原有的韵致，看上去温馨养眼。主街两旁的墙壁上，是历代诗人关于便着蓑衣的诗句。若不是来到这儿，读到许多关于蓑衣的诗句，断不能想象，这一寻常物品，曾经承载过怎样的历史使命，曾经被赋予过怎样的浪漫诗意。正是这诸多诗句，为这个村庄再增一抹亮色，平添了几分文学气质。

从陈庄的考古发掘来看，早在2600年前，这儿已不是洪荒之地。让今人反复揣度的营丘，极可能就在这片地域。历史沿革使然，一些地域名称，随城池的迁徙而不复存在。被废弃的城池，也因实际功能不再，淡出人们的视野，逐渐消失。风儿扬起尘埃，覆了一层又一层，雨水夹带着泥沙，掩去一截又一截，最终将其厚厚地包裹藏匿。笑看今人苦苦追寻，数百数千年沉默不语。偶尔泄密，也是藏着掖着，犹抱琵琶半遮面，惹人引经据典、冥思苦想、猜度不已。

想必在那个久远的年代，这儿已是土地肥沃，河流纵横，水草丰茂的鱼米之乡。如不是这样，那位在七十大几入仕，九十几岁高龄得封于营丘，酷爱垂钓的姜太公，断不能看中陈庄。

蓑衣的历史，或许更为久远，2600年前，已是姜太公的身边之物。我仿佛看到，在烟雨蒙蒙的春日，在白雪飘飞的寒冬，姜太公穿着蓑衣，独坐黄河岸边，大芦湖畔，蓑衣樊那片芦苇丛生的滩头……静等来回游动的鱼儿，愿者上钩。

我不禁恍然大悟，蓑衣樊虽然少了承载历史的古老建筑，却用一把寻常蓑草，赋予了村庄灵魂，留住了乡愁，也留住了记忆。正如有人所言："假如生命有个根基，那么它就是记忆。"

据悉，这个始建于明末清初的村子，最初是一群手艺人的聚集之地。以编制蓑衣者最多，故而因此得名。这让我想起了美国最南端的小镇基韦斯特，那儿最初聚集的也是一群手艺人。他们虽不是蓑衣樊、豆腐张……却是捕捞者、雪茄匠人……民以食为天，有一技之长，不论在哪个国家，历来都能安身立命。

然而，历史的车轮永不停歇，推着我们一路前行。行进途中，无人能够料得，什么会轰然坍塌，什么会悄悄萌生。或许蓑衣樊不曾想到，他的这门用来安身立命的手艺，会在某个时日，在他的某一代后人手中走向衰败，被雨伞取而代之。当这一天到来的时候，我无法想象，他的樊姓后人，该是怎样的惶恐。也无法知晓，他们被迫放弃传承，另谋他途时的情景。

或许，他们也会如我这般，在某年的今日，蹲下身来亲近一棵小草，望着它卷成针形的草心发呆。所不同的是我揣度的是那时的他们，他们思量的是未来的生计。重重压力积攒在心里，定是无心欣赏一棵小草的样貌情态，连放弃编织这一行当，或许都来不及忧郁。不管怎样，人的生存有着太多的路径，他们最终选择了适合自己的行当，继续谋生度日。

高速发展，在带来生活富足的同时，也带来了自然生态环境的恶化。我的记忆中，作为工业城市的临淄，缺水来得更早，村子里那些经年沿用的古老水井，在20世纪70年代相继干枯。为解决水资源短缺，在1988年，我市启动了引黄济淄工程。随着工程的实施，一个5000亩的黄河水沉砂池，占去了蓑衣樊三分之二的土地，处于引黄济淄源头的蓑衣樊村为全市的发展，做出了巨大的牺牲。

时光缓缓流逝，一晃27年过去。2015年，这个黄河水沉沙池，终于等来了那位心性相通的知己，带领蓑衣樊人，紧扣绿色生态环保的发展主题，顺势而为，引领村民躬身前行。这个足足等待了27年的沉砂池，终于完成蜕变，成为有着“地球之肾”美誉的生物多样性生态湿地。

按照现代化农业、原生态种植模式，蓑衣樊在仅剩的500多亩稻田里，不仅种出大芦湖牌系列精品大米，而且发展立体、生态养殖淡水鱼、虾及壳类水产生物30余种。2013年，推广了种养一体的新型模式，在稻田中养淡水蟹和甲鱼。利用稻田有基质养鱼蟹，鱼蟹排泄物还肥稻田。这样的优势互补，形成一种良性循环，彻底摒弃了化肥农药，有效地推动了生态循环农业的发展。稻田蟹、稻田甲鱼，也因此成为蓑衣樊新的特色品牌资源。

蓑衣樊的昨天与今天已不能同日而语。村子三面环水，湖塘星罗棋布，千亩芦苇蒲草丰茂，万亩荷塘连片，200亩栽植核桃、樱桃、葡萄等特色果林生机盎然，西红柿、西瓜、哈密瓜等蔬菜大棚蔚然成观。2013年，蓑衣樊入选“全国最美乡村”，2014年被列入省旅游局重点支持、先行发展的范围，2015年被国家旅游局命名为“中国乡村旅游模范村”。

蓑衣樊这个名字因此进入人们的视野，为越来越多的人熟知。这儿泥土芬芳，水草丰茂，空气湿润，生态怡然。这儿稻米香，这儿鱼蟹鲜，这儿春水碧于天，这儿莲叶何田田……蓑衣樊因此吸引了众多的观光客、美食者。

作为普通百姓中的一员，或许很少有人去留意某一座城的发展。我却受一种特殊情愫的牵引，留意关注高青这方热土长达十年。虽然我留意的，都是些细枝末节，过于粗浅，对它却像故乡那般，倾注了一份浓浓的情感。

然而，当随采风团来到这儿，还是被它深深地震撼。

在我国经济发展的进程中，以牺牲自然生态环境为代价，得以高速发展的地区不在少数。高青人或许也不能脱俗。但是，从他们倡导原生态种植模式、生态循环农业和对慢城湿地建设上来看，却是站在了有别于他人的高度。他们从千百个雷同中，寻得了少有的一个不同，拒绝了急功近利的发展模式，走上了一条绿色生态环保之路。这在全球生态赤字率不断增加、生物多样性减少的警钟不停鸣响、物种的灭绝速率直线上升的当下，在习近平总书记倡导“绿水青山就是金山银山”的今天，高青的远见卓识和发展理念，更显得难能可贵，可圈可点。

不论是慢城，还是蓑衣樊，只是我们这次采风所能看到的高青发展中的一隅。然而，通过这一隅之地，已经足以窥见，他们彰显的一种理念，一种支持绿色生态环保，反污染、反噪音、倡导无公害纯天然的生活理念。他们的这一理念，与起源于1999年的“慢城”理念，不谋而合。这种理念从起源至今，全球已有145个城市宣称为“慢城”。缘于此，2015年，高青县开始了全国第三个“国际慢城”的打造。毋庸置疑，高青在谋求发展的同时，站在了保护地球的高度，走在了保护自然生态环境的前沿。

实践证明，高青的绿色生态环保之路将会越走越宽。从他们绿色生态环保这一发展理念确立的那一刻，已经标志着这一方热土复兴的开始。目前绿色生态环境、原生态种植模式、生态循环农业已深深植根于高青人心中。在这种理念下，产出的农副产品，为越来越多的人所接受，成为高青的标志和象征。他们盛产的高青大米、高青西瓜、高青西红柿等20种农产品先后获得国家地理标志认证。如果去临淄的超市，你会发现，货架上摆的，都是标有高青产地的菜蔬。如果您去市场，小贩们也会强调，他的蔬菜产自高青。高青已成为绿色生态环保的一座丰碑，屹然矗立在人们心中。近年来，高青的农产品逐渐走出淄博，成为京津冀地区的“菜篮子”“米袋子”。据统计，2017年外销蔬菜60万吨、粮食30万吨，创造产值30多亿元。

他们获得国家地理标志的纯天然农产品，慢城万亩生物多样性生态湿地，有着美丽传说的大芦湖，富含多种微量元素的纯天然温泉，进入吉尼斯纪录的扳倒井酒窖以及将最后一道弯馈赠于这片土地的九曲十八弯的黄河，将名不见经传的高青，打造成了来淄博绕不过的一抹亮丽。高青县因此获得“中国温泉之城”“中国白酒名城”“中国黑牛城”“中国最具幸福感城市”的殊荣，并入选2018全国“幸福百县榜”。

您如有兴趣，可来高青蓑衣樊一游，尽览它的风采，去慢城泛舟，去荷塘采莲，去木屋小憩……然后，去人民公社大食堂放心地进上一餐，品尝一下他们的稻米香、鱼蟹鲜……

那么，您会发现，这才是我们真正想要的绿色环保原生态纯天然的生活品质。

2019年4月27日

市井里的那抹职业蓝

清晨，我迎着秋日里的第一抹晨曦出门，去采买外出野炊的物品。相邻的小区内，就有一个热闹的早市，此次采风的前一天，我还去过。今天路过，整洁的道路上一片清寂，热闹似乎一夜之间消失了。

诧异之际，见不远处围了几个人，中间是一位卖葱的老汉。他正大着嗓门向还价者说着便宜卖的原因——城管。

闻听“城管”二字，我的采写任务立刻浮现脑海，淄博市淄川区综合行政执法局干警们的笑貌音容，也随之清晰地浮现在眼前，心底倒有了一种淡淡的亲切和温暖。

或许我生于乡村长于乡村，深知父辈们土中刨食的不易。直至采风前，我每遇到像卖菜老人这样“两棵葱吃不了留下一棵去集上卖”的农民，都会心存怜惜。尽管深知没有规矩不成方圆，但每每闻听像我父辈般的他们被城管责罚，都会同情心泛滥，对城管生出很深的偏见。

我胡思乱想着转过街角，忽见一辆执法车迎面而来。我下意识看下手机，时间是6：30。望着缓缓而过的执法车，一种对城市管理者执法辛劳的感动和对生活不易者的怜惜，五味杂陈，丝丝缕缕在心头缠绕起来，几许的无奈，很现实地摆在了面前。

像卖葱老人的这种买卖方式，可追溯到史前手工业与农业分离开来的时代。从那时起，各种交易便开始发端，且随着社会分工的日益多元，交易活动也日趋频繁起来。那些有别于职业商贩的农民，便是从那时起，迈开了追逐需求的脚步，无序地穿梭于市井，将泥土中隔三岔五的恩赐，节俭下些许剩余，卖与他人，换取些微薄的收入。

这种延续了数千年的买卖，因缺乏应有的秩序，在城市化进程加速的今天，再难顺应时代变革，给城市秩序带来了混乱。虽然政府不断增设集市网点对经营进行规范，城市管理者不断苦口婆心劝诫引导。但从乱到治，从无序到有序，最终形成和谐的公序良俗，是一个漫长而又艰辛的过程，或许需要我们大家与城市管理者一起，付出几辈人的不懈努力。

可能大多数的百姓如我一样，对于城管的认知，仅限于市场秩序的监管。如果没有此次走近淄川综合行政执法局，与他们近距离接触，我可能永远都不会留意，他们的职责范围竟是如此的宽泛，宽泛到包罗万象。他们不单有工商行政管理方面法律、法规、规章规定的监督检查权和行政处罚权，还有市容环境卫生管理、城市规划管理、城市绿化管理、市政管理、环境公安、交通法律法规、规章规定的监督检查权和行政处罚权。他们有点像我在家中的角色，所不同的，我每天疲于奔忙的，是一个小小的蜗居，他们每天面对的，是一座巨大的城。他们规范的，不仅是散漫惯了的摊贩游商，而是城中的每一个人。他们清理的不仅是街道、垃圾，还有公厕、下水管道、违章建筑、城市的“牛皮癣”……

更何况，淄川早在明清时期已是鲁中商业重镇。据资料记载：“西关当（淄川）县城之繁华街，较大商号多集该处……近则境内负贩小商，远则周村布贩，博山陶瓷贩，桓台蔬菜贩，博兴的藕、席贩，俱于集市前一日来此，集市交易甚盛。”这样一个有着深厚商业基因的老城，在商贸繁盛的今天，全面承袭了鲁中商业重镇的衣钵，赋予了它超越旧时千百倍的繁盛。观城市面貌，服装城、建材城、陶瓷城、聊斋城……密集分布，林林总总。看大街小巷，人流物流商流，摩肩接踵，整座城充满着生机，一派兴盛。

这是一座古老而又年轻的活着的城，这是一座吐故纳新代谢旺盛的醒着的城，它有海纳百川的胸襟，也有包罗万象的豁达，有着热血偾张的活力，也有急需医治的顽疾。不知有几人想过，保证它血脉偾张、维系它健康活力的，是我们的城市管理者。是他们躲在这座城光鲜亮丽的背后，干着最脏、最累、最烦琐、最平凡的工作，不论风霜雪雨，酷暑严寒。

没有他们，这座城的亮丽将无以维系；没有他们，就有无序摆摊，占道经营；没有他们，就有车辆乱停乱放，阻塞交通；没有他们，就会有违章的乱搭乱建；没有他们，小广告会成“牛皮癣”……有了他们，马路才像马路，市场才像市场；人行道才是人行道，停车场才是停车场。有了他们，商家才理解店门外不是经营场，广告牌要整齐划一，立于合适的地方；有了他们，城中秩序才能井然。

然而，不是所有的付出都会被理解，不是所有的奉献都会被铭记。城市管理的琐碎、辛苦、不被理解，由来已久。

如用世俗眼光审视，他们的职业前景没人看好。然而，能获得一手好牌是运气，能把一手烂牌打赢是本事。淄川区综合行政执法局的干警们，自然是后者，他们凭着一份执着、一腔热忱和对肩头责任的敬畏，在这个不被看好的行当，打出了士气，打出了精彩，一跃跨入了行业的前列，成为行业的龙头领跑者。他们虽然也曾陷入过迷茫，疲于奔命，被人误解，好在他们怀揣梦想。“梦想无论怎么模糊，它总潜伏在心底……直到梦想成为事实”。

他们怀揣梦想，情系秩序。在全国首创了“六联”的城市治理模式。以他们为龙头，组建了执法公正服务室、法律援助调解室、公安联巡警务室、交警警务室、城管巡回法庭，每个单位派驻正式人员2～3名，与相关镇办、开发区实现了与工商、环保、规划、食药监、税务、征信六部门信息的互通共享、工作联动互助。围绕打造魅力城区、绘筑品质城市、建设法治淄川的目标，在城区通行负荷大、治理矛盾突出的道路，通过“五室六联”治理方式创建示范路，合力破解城市管理难题，提高城市管理效能，维护社会公平。通过“五室”构建，解决以往单纯依靠行政执法取证难、执法难、执行难的问题，把司法等力量应用到城市管理中，形成城管、法院、公安、司法、交警“五位一体”的法制化保障体系。通过“六联”合力，引入信用管理机制，增加城市管理新模式，解决了管理与执法脱节问题。将沿街商户严重违法行为纳入人民银行征信体系监管，实行失信惩戒机制，破解大刑不能判、小罚难执行的问题。

在他们的治理下，首批9条示范路的店外经营、乱设广告、占道摊点等现象全部消除。其间，为2800余户固定商户和400余户流动商户建立信息台账，办理处罚案件42起，拆除乱设广告牌10000余平方米，取缔店外洗车修车点62处，整治水果店外摆放26户、取缔占道水果车45辆，整治电动车、自行车店外摆放21户，取缔露天烧烤（餐饮）200余处，极大地美化了城市环境，得到社会和群众的充分肯定。在减轻干警们执法难度的同时，城市管理的顽疾也被成功破解。

面对近些年机动车辆的爆炸式增加，城区街道拥堵严重的问题，他们进行调研，发现到2018年底，淄川区的机动车保有量已达12万辆，城区停车位仅2.2万个左右，且每年还会增加大量新车。据统计，2018年一年境内新增车辆12000辆，落在城中的达8000辆之多，而卖出的停车泊位仅有300个。以此计算，有7700辆车要靠公共和小区道路停放。据高大队估算，7700 辆车子，三列纵队，足以从淄川排到张店。上述数据，足以看出车辆多泊位少，停车供给压力巨大，停车难、乱停车等问题严重。为解决这个问题，避免限号出行的到来，他们上下求索，引进深圳技术，结合自身情况，制订出台《淄川区加强城区停车管理及建立智慧停车系统实施方案》。由区综合执法部门牵头，采取公开招标、政府授权、服务外包等形式建设运行智慧停车系统，系统能将路边停车与各停车场联网互动，可查空位，可无感出入，可先离场后付费。系统于 2019 年 7 月正式投入运行，被列为淄博市委改革创新项目全市推广。运行两月，“淄博停车”App 会员注册人数已突破 1.2 万人，城区核心区域 6 个路段及停车场纳入智慧系统收费管理，停车人次达 28730 次，自助输号启动占 54% 左右。每日违停处罚数量由原先的 350 起/天减少为 75 起/天，主次干道、主要商务街区车辆实现了“短停快走”，实现了路内停车向路外分流，降低了道路停车和通行压力，原先无处停车、拥堵不堪的繁华路段平均保持了三成以上的空车位，为群众办事购物和商务政务活动提供了极大的便利。

他们牢记城市管理为人民的宗旨，心系百姓，温和执法，创造了白手套工作法。在市容市貌管理中，不动手强扣商贩物品，不动手清理商户外摆和广告。以严谨的管理记账、执法取证与办案，保证了管控力度，规避了“武治”风险，回归了执法本义，重塑了城管的行业形象，赢得社会尊重。

为降低社会成本与执法成本，最大化减少反向阻力。他们人性化执法，创立了“夏病冬治”的管理模式，即对烧烤、大排档、夜市等行业的治理，放在了冬天，这些行业的淡季期。

他们有一支战斗力特别强的保洁队伍，为保持环境整洁干净，承担着繁重的工作任务。他们中间有“振兴淄博劳动奖章”获得者——王立恒，有“优秀城市美容师”——谭秀刚，有优秀共产党员——王鹏飞，有五一劳动奖章获得者——郑贵强，有被评为淄川区十大杰出青年的陈小成。他们都有着在军队大熔炉淬炼的经历。他们都有着足以令我们动容的感人事迹。他们都各司其职，既是指挥员又是战斗员。他们不分昼夜地战斗在第一线，取得了骄人的成绩。他们也是保洁机械的创新者和义务修理员……

良好的行业形象，是行业可持续发展的动力，可以增强团队凝聚力。个人的职业形象，也间接代表着行业的形象。通过此次采风，我感受良多。当他们身着庄重的职业蓝集体亮相时，犹如一抹燃烧的亮色，我们的眼眸被瞬间点亮。他们的职业形象，彻底颠覆了我脑海中的固有样貌，在我心中升华、定格。他们接下来的才艺展示，更令人震撼，我不得不感叹，这儿人才济济，卧虎藏龙。我不得不感慨，这是一支整齐划一、精神抖擞，有着浪漫情怀和强大气场的队伍，即便一个人也能无限精彩。有了这样一抹充溢着正能量的职业蓝色在市井中流动，想不创出些辉煌都难。

本文 2019 年 9 月 28 日编入《城管采风》一书

一路有你——写在农历九月十五

那年祖母在灶王归天的日子里，对着灶王老爷十分虔诚地祈祷。她老人家记住了灶王爷是“上天言好事，下界降吉祥”的，便求这位神灵明年归来时，在坐骑后面给她带个孙子回来。或许缘于祖母的虔诚，她老人家梦想成真了。

转过年来，在医院工作的父亲，因机会难得，留下一家老小和怀有身孕的母亲，去山东中医学院学习进修了。

那年是个好年景，地瓜大丰收，每家分到了万斤以上。

田地里，社员们在刨地瓜，一台磅秤紧随其后进行称量。称过的地瓜，被一堆堆倾倒在刚刚刨过的松软的田地里。傍晚收工后，各家根据地瓜堆上写有名字的纸条，去找寻属于自家的那堆，然后用独轮车一趟趟推走。

不说将一万多斤地瓜切成片，撒在地上，一片片摆开、晒干、捡拾、入仓，单是将它们从面包般松软的田里推出，就绝非易事。而且，唯一的运载工具独轮车，虽属于集体财产，却掌握在那些承担着运载粮食或土肥之类的男性劳动力手中。想借用，总要等到人家将自家分到的地瓜运完。好在母亲身体好，虽然已经是临产状态，却能在漆黑的夜晚，将装载满满的车子，推出松软的田地。

母亲的能干是有目共睹的。即便有孕在身，也像平时一样劳作，丝毫不输他人。那时，田里要干的活多不胜数，也无机械协助，尽管一年四季，母亲的睡眠时间都极其短暂，却也有忙不过来的时候。俗话说：“白露早寒露迟，秋分种麦正当时。”那年的秋天，忙着收完地瓜，已是农历的九月十四，寒露也已经过去了一周有余。好心的四叔见我家的自留地还空着没种麦子，便提醒母亲，不能再耽搁了，再耽搁就彻底晚了，让母亲抓紧晒些粪肥，他帮着种上。

然而，不待母亲行动，弟弟便在这天凌晨降生了。

弟弟的哭声，将祖母从睡梦中惊醒，她老人家又喜又惊，慌乱中，将上衣袖子套在了腿上，等她撕扯下来，穿戴整齐，赶到母亲房中，母亲早已自行接生断脐，收拾停当，弟弟已被包裹着小被子，安然躺在了床上。祖母见状，禁不住惊呼：“大姐姐，你怎么这么能？！”

月子里的母亲，因惦念晚了的农时，夜间生完孩子，第二天便像往常一样，早早起床，手握一把铁锨，钻到猪圈里锄粪去了。她将整整一栏粪，一锨锨锄进铁簸箕，一趟趟端到院子里，拨拉着晾晒。深秋的阳光淡淡的，再没了夏日的炽烈，也少了吸走水气的执念。然而，却在母亲的坚持下，一坨坨粘腻的粪土，经过她一天不间断地拨弄，虽然半干不湿却也变得细碎，适于播种了。然而，上苍在赋予你添丁进口欢天喜地的同时，总会在不经意间来点恶作剧，母亲好不容易晒好的土肥，在傍晚时分遇雨，不得不再次拿起铁簸箕，将其一点点端到大门楼底下。

那年的小麦就这样种上了。第二年小麦收成怎样，母亲没说，想必天道酬勤，不会辜负勤劳之人。

曾读到过一篇研究性文章，大体是说，祖先们过去的经历，不论好的坏的，是肉体上的还是精神上的，都会在我们的DNA上留下痕迹，变成一种紧贴在我们遗传骨架上的遗迹。无论我们属于哪一个民族，身体承载的都不仅仅是记忆。

在一片繁忙中出生的弟弟，与我们这一众儿女相比，从很小就表现出更为强烈的责任感，家中的大小事情，不待我们着急，他已赶在了前面，且干得妥妥当当。年少时，他是父母的好帮手。现如今，他是母亲康健的保护神。

他出生时的模样，连同母亲生产后晒粪的情景，在弟弟生日的这天，一同袭上心头，感觉无比亲切美好，也感觉无比心疼。

我们的含辛茹苦的母亲，我们的在极大程度上拓宽了生命宽度的母亲，我们敬您爱您。

我的同胞兄弟，感谢一路有你。

祝弟生日快乐，祝母亲康健永存，福如东海，寿比南山。

2019 年 10 月 13 日

原载《神州》

路途

想来奔波在路途中最多的日子，是在省医院进修那会儿。倘若周末没有夜班，我会乘车四处闲逛，或回家或去母亲那儿。一张张车票，勾连起了那年完整的春夏秋冬，任由我领略路途中的车水马龙和随季节变换出的万千风景。漂泊久了，也会习以为常，也会有一份惬意和美好，在心底留藏。

进修结束，便重新回归了两点一线的安逸，很少独自外出了。此后，令我记忆深刻的，便是数次往返美国的旅程。其间有因语言不通遭遇的尴尬，也有路遇好心人帮助的感动。

前些年，我独自远行，去往语言不通的异国他乡。因是未知的旅途，心中不免忐忑。好在是直飞，在行程的那端，有我日夜牵挂和心心念念的孩子们，想到他们会在那端等我，想到家中即将添丁进口，心中甜甜的，满心都是喜悦和憧憬。由未知带来的那些莫名的忐忑，因喜悦而被消解大半。

我从北京机场登机，在华盛顿落地，顺人流出关。旅程顺利，感觉愉快而又轻松。

然而，旅途毕竟是旅途，或多或少暗隐着不可预知的变数和困窘。我回国时，需中途转机。因是境外转机，孩子们提前帮我做足了功课，即便语言不通，也不会有什么问题。然而，到达机场托运行李时才被告知，原本飞往旧金山的航班，临时修改了航线，改到芝加哥落地。儿子怕我走丢，驾照作抵，跟随我过了安检，来到登机口，见着亚洲面孔的就问："您好，您去北京吗？"说来悲催，儿子几乎将登机口的众人问遍，竟未找到一位同行者。我不免暗自后悔，后悔将学到的那点儿英语早早地交还给了老师。正着急呢，有位黑人朋友向登机口而来，他定是在走近的过程中，听到了儿子在人群中的问询。

但见他身材高大，瘦削有型，看上去很干练，且一副很有修养的模样，像是经常往来于中美之间的。他径直走到儿子身旁，操着标准的英语与儿子交流。他很热情，告诉儿子他去上海，可以为我提供帮助。他也幽默，与儿子聊天中，问及了我的职业。当获悉我是医生时，还转向我，说了句玩笑话，可惜对牛弹琴，我听懂的，也仅是一个 doctor。

这位朋友，虽与我素昧平生，却极其尽责，登机后帮我放行李，飞机在芝加哥落定，又忙不迭帮我取行李。我满心感激，却语言不通，无法表达。只能像他手中的提线木偶一般，拖着他帮着取下的行李，傻傻地跟随他出舱，去寻找去往北京的新的登机口。他做事极为周到，来到登机口，并未着急离开，而是自作主张，为我接下来的行程做了安排，他将我交代给一位也到北京的年轻人，后又示意我拨通儿子的电话，告知他，我已安全抵达了登机口。他自觉一切安排妥当，才抬起手腕，看下时间。或许看到距离他登机时间所剩无多，方才与我匆匆别过，去赶飞往上海的航班。我将满心的感激，最终化作了一句山东味道的蹩脚英语 Thank you。

告别时，他急匆匆侧身扬手，回眸一笑的样子，就此在我脑海里定格，成为永远鲜活的记忆。

曾看过这样一句话，说是最好的旅行，就是你在一个陌生的地方，发现一种久违的感动。我难以言说，这素昧平生、相遇相助的旅途算不算得最好，因我有些尴尬。但可以确定，这感动的确是久违了的感动。

再次赴美探亲，因有人同行，我坦然了许多。回国时，也是境外转机。因受人之托，我需要在免税店为朋友的女儿购买眼霜。这眼霜免税店有卖，且在产品前面有明码标价。在免税店买过东西的朋友都清楚，所购商品，是由免税店负责送达登机口的，登机时才能拿到。所以，各个航班信息的变动，免税店能随时掌握。基于此，我们购买眼霜时，店员发现我们的航班信息发生了变动，登机口改在了 120 号。于是，便热心告知。见我们听不懂，又写在了纸上。语言不通真是尴尬，我们虽然看不懂英文，却认出了那三个阿拉伯数字。在购物这一前提下，这三个数字被我们错误地解读了，认定一小瓶眼霜的价格是 120 美金，比我们看到的价格贵出了将近一倍。我虽然相信他们不会坐地起价，但我接受不了这样的价格，觉得不值。自己都觉得不值的东西，捎给别人怎么可以。店员是一位热情负责的人，见我们不买，就叫住一辆正从门前经过的开往登机口的车辆，示意我们上车，送我们过去。我们不明就里，婉言谢绝。匆匆往机票上的登机口而去，到了一看，一排排座椅上空无一人。觉得奇怪，便去找寻显示屏查看信息。望着显示屏，我们恍然大悟，明白了 120 的真正含义。于是，又赶着去免税店购买眼霜。买毕，便匆忙去寻 120 号登机口了。机场大，路途远，时间紧，不得不一路小跑，我边跑边笑。觉得我们刚才的经历，像极了当时看过的姜文导演并主演的一部电影里的情景。

这次机场经历，很大程度上成为此后我面对境外转机时的梦魇。尽管有了网络，有了翻译工具，有了多次往返的经历，或许心理因素使然，我依然担心遇到那些不能确定的突发因素。再次出行时，孩子们为我买的机票是在国内转机。然而，飞机在纽约肯尼迪机场落地出关时，远远望见一位工作人员，在前面高喊着，示意出舱后的旅客分为两行，我听不懂，不知道该站哪行，望着前面诸多站错了队的旅客，赶忙询问旁边的人，方才得知，有绿卡的一队，无绿卡的一队。站定之后，又见工作人员手持一本打开的护照，叽哩哇啦地且说且往后走，我还以为谁的护照丢了，在找失主。旁边的一位留学生见我一脸茫然，告诉我是要将护照打开到签证页。我不明白为何这样，留学生也不知道。于是便举着护照跟随队伍继续前行。转过一个弯，来到前面一看，才恍然大悟，飞机上填的报关表废了，需要重新填写，过程中需要将护照签证页贴在机器上识别。我站在一位年轻人身旁，侧目看她如何操作，幸好我俩互帮互助，总算万事大吉。

出关后，去拉行李车，却拉不出来。找人询问，那人指了指旁边的显示屏。原来需要投币六美金。我拿出六美金纸币，又问那人，纸币能投吗？这才发现这位虽有着亚洲人的面孔，却不是中国人。他接过我手中的美金，帮我投到了机器里。这时工作人员走过来，帮我拉出一辆车子。我对这位好心人，依然用很山东的蹩脚英语道谢后，从转盘中将行李抓出，放到车子上，急不可待地走出机场，去与孩子会合。

2020 年 1 月 6 日

春节点亮的记忆（一）

回忆民俗味最浓的节日，当数在父母身边度过的春节了。

细想起来，年味儿是从岁末的一个个集市萌发，并次第变浓的。岁末的集市与平时相比，更多了年画、对联、鞭炮、乐门钱……它们的出现，让人们嗅到了第一缕年的气息。

相较而言，民俗味最浓的，应是年画吧。它们不论红色、绿色还是黄色，都极尽张扬，或祈福迎祥或消灾避祸，似乎每一张都肩负着使命，每一张都有将年味儿彰显到极致的执着。虽然，它们一袭亘古不变的民俗装扮，走过了数千年历程，却依然深得广大民众的喜爱，因为人人心中都揣着一份将日子越过越好的期盼。期盼在新的一年里，能像年画寓意的那样，五谷丰登、连年有余、招财进宝、长命百岁。

与集市上的年画摊位相比，鞭炮市更加热闹。整个场面，颇像是金庸笔下的武林大会，各路武林高手悉数云集，将一场擂台赛演绎得如火如荼。为争抢买主，小贩们个个穷尽技艺，争相提高嗓门，大喊着："南来的，北往的，看看俺这不响的！"随着或清脆或浑厚，但同样震耳欲聋的声响，在一片喝彩声中，心满意足地将鞭炮卖出。然而，其间也不乏一语成谶的尴尬卖家，在众人敛气屏声的期待下，成为哑炮，引发哄堂大笑。

年味儿，就这样从商贩们的摊位上逸出，飘散开来。至腊月二十三，速成燎原之势。

母亲遵循着老习俗，从送灶王上天这日开始，按部就班，带领我们为过年忙碌起来。

父亲热爱美食。他交往的朋友中，不乏厨艺精湛的厨师和打理菜园的老把式。因此，父亲总能在年关之时，买到像反季节蔬菜之类平常人家难以买到的东西。

除了反季节蔬菜，猪下货（猪头、猪肚、猪肝、猪蹄、猪尾巴、猪肠子等）是父亲必买的。将这些东西买进门，虽然屡遭忙碌着煎煮烹炸、蒸馒头、年糕、枣糕等吃食的母亲的数落，父亲却年年如是，乐此不疲。母亲也就总得耐着性子，年复一年地拾掇这些东西。

每当这些杂七杂八的猪下货被母亲拾掇干净煮熟的时刻，就是我们一家人最有意义的一次盛宴。对它的记忆全然盖过了年夜饭，成为心中最深刻的记忆。随着父亲端着一盆热气腾腾的猪下货进屋，就地一墩，我们几人便会蜂拥而至，满心欢喜地围盆而坐，期待着父母将骨头剔除，将肉一块块送进我们口中。

年夜饭，是对过去一年的送别，其仪式感不言而喻。而在此之前，除夕当天去列祖列宗坟前祭拜更为正式。父母会将准备好的年货和新包的饺子按照神三鬼四的说法一一带齐，摆放于已故至亲的坟前，焚香烧纸，口中念叨的，不外乎对列祖列宗前来赴宴收钱的邀约，对一年收成和添丁进口的汇报，以及祈求列祖列宗保佑家族平安兴盛的话语。

母亲在跨年的五更，会变得诸事在意。我们的吵闹，被她明令禁止。她会小心翼翼，轻手轻脚，压低着声音，是怕将那个叫“年”的怪兽惊醒吗？有一次，饺子被我煮破。我“破”字刚一出口，立马遭到母亲制止。她说：“是挣了，挣了！你破了，破了的多不吉利。”我记住了母亲的话，见下一锅饺子完好无损，高兴地冲母亲喊：“瞧这锅怎样，一个也没挣……”说罢，我歉意地望着母亲，捂起了嘴。

跨年夜，我们睡得晚，却能五更即起。

在饺子下锅的时刻，母亲已在院中摆起香案，放置盛满佳肴的杯盘，随着饺子出锅，端上供桌。母亲便焚香烧纸，弟弟们点燃鞭炮，我们被要求立于香案前面，随母亲参天地化育，祈万千福祉。袅袅轻烟，或许在母亲眼前，早已幻化成一位保佑风调雨顺五谷丰登的农耕神灵了。

天亮了，阳光普照，里里外外充溢着喜气，渲染着吉祥富贵的年画，火红的对联，飘舞的乐门钱，此起彼伏的鞭炮声，一袭新衣的男女老幼互相问候，将春节的喜庆推向高潮。

时间依然以固有的节奏不停地流逝，不几日，我们将会跨入农历的牛年，它又是一个新的起点，在我们整个民族的欢庆声中开启。

2021 年 1 月 10 日

原载《淄博晚报》

春节点亮的记忆（二）

母亲说，她刚结婚那会儿，我们家很穷。临近春节时，她跟祖母带着家中仅有的一点麦子，到村北的碾子上碾压，那些黄澄澄金贵无比的麦粒儿，在碾子吱吱咯咯的碾压声中，渐次变得细碎。这时，祖母便将其收进罗面的罗子里，将细粉罗出。如此反复多次，便获得了一簸箕白面。祖母将其一分为二，分给姑姑家一半，各自用来包那顿过年的饺子。

再后来，生活逐渐好了些，年关时，家中的面粉，不但够包过年饺子的，还有了蒸些馒头的剩余。

除夕夜，能够吃上一桌子称得上年夜饭的时候，我已经不是刚刚记事儿的年纪了。我家的年夜饭，始于何年，我没有确切的记忆。只记得每年的年夜饭，是由父亲主厨的。

那时，家里人口多，劳动力少，父亲工资低，是典型的“月光一族”。一年到头，家里没有一丁点儿积蓄。所以，年夜饭席间的菜肴，也就是些家常的，以父亲的经济能力能买得起的东西。

记得儿时的我，身体瘦弱，不但苦夏，还会受年关亢奋情绪的影响，脖子像被扎住了一样，吃不进东西。父亲在年夜饭上彰显出的手艺，因我心不在此，被我忽视着。然而，父爱如山，他却记住了我唯一能吃上几口的菜肴——炒合菜。父亲会提前将粉条泡好，锅里放少许的油，将白菜梗、香菜梗、豆腐干与粉条炒在一起。于是，炒合菜也就名正言顺地成为我家年夜饭桌上不可或缺的一道菜肴。而我记住的，是父亲几杯酒下肚，在席间唱的京剧《打渔杀家》剧本里的几句唱词：“父女打渔在河下，家贫哪怕人笑话！稳住篷索父把网撒……”虽然，父亲已离世多年，如今想起，那几句很应我们家贫穷的唱词，父亲唱念做打的模样，以及尚不谙世事的我们绽放出的笑脸，依然在我眼前鲜活着，如同昨日。

虽然，后来随着生活水平的日益提升，年夜饭变得越来越丰盛，仪式感也越来越强，炒合菜作为保留菜肴，依然留在了我家年夜饭的菜单里。

细思起来，最能体现我们家生活水平提高的莫过于炸刀鱼和走亲访友的糕点。

家里穷的时候，刀鱼只有过年才能见到，却也是用来待客的。一家人只有在年夜饭的餐桌上，才能吃到一次。母亲每每将刀鱼切成宽条状，糊上大团的面糊，用肥猪肉炼出的猪大油炸制。看上去挺大一块炸鱼，却徒有虚名。与其说吃的是炸刀鱼，不如说是炸面糊。随着日子一年年变好，我家的炸刀鱼，也逐渐发生了变化。鱼和面糊的比例倒了过来，变回了它该有的模样。炸鱼的油也变成了花生油，并逐渐成为一道想吃就吃的美食。

年前，不但要备好待客的菜肴，也要备好走亲访友的糕点。记忆中父亲买回家的点心，有着明确的用途，且只少不多。他没有多余的钱，买够走亲戚的部分糕点，缺失的部分，靠亲戚们到我家留下的补齐。那时，每家的日子都不好过，点心包得很有技巧，能用最少的材料，包出最大的体积。父亲要面子，经常在走亲戚前，拆包查看，尽力去增加每包点心的重量。望着眼巴巴的我们，母亲也总是说：“干活要卖力，好东西要留给别人吃。”父亲也会嘻嘻一笑，打趣我们：“干（活）的时候像猴，吃（饭）的时候像牛……”

随着社会的发展，礼品种类也不断丰富，点心逐渐跌下了神坛，不再那般金贵，逐渐成为我们不怎么青睐的东西，也不再是走亲访友唯一的礼品。

因为，有国才有家，我们的党和国家，已经带领着我们，走过了建国初期工业化体系建立时的艰辛历程，变得越来越强盛。

2021 年 1 月 22 日

微光

2021 年春节，似乎刚刚在正月十五闹元宵的欢庆中落下帷幕，眨眼间，已是 3 月中旬。春风徐徐，带着渐浓的热烈，催生着万物，催开了百花。我漫步在春阳里，望着阳光下尽情唱歌、恣意舞蹈、开心拍照悠闲散步的人们，一种岁月静好的感动袭上心头。

这缕思绪杂乱着飘忽游移着，在 20 世纪三四十年代，那个山河破碎、民不聊生的战争岁月定格。父辈们为今天岁月静好而奋斗的身影，次第鲜活。

6 年前，也是这样的一个春日，我 85 岁高龄的伯父，专程来到我工作的城市。

出行，对年轻人来说是件轻而易举的乐事，但对患有疾病的老人家而言，如此高龄出行，是下了很大决心，冒着很大风险的。他之所以积极促成这次行程，是为了了却一份传承历史的心愿，他想告诉他的后辈人，在那个大浪淘沙的岁月里，我们的村庄发生过什么，我们的族人经历过什么。

我严格遵循了真实这一宗旨，以伯父一生经历为主线，真实记录了那些过往岁月里发生的事儿。期望着多年以后，我们同祖同宗的后来人，能看到这份真实。

然而，此时此刻我想诉说的，并不是我们的村庄和族人，而是我的父辈们。他们在 20 世纪三四十年代的一些生活片段，以及在战争阴云笼罩下的部分经历，作为我们党百年历程中的些许微澜，写下这段真实的史实。

当年，我们的村庄是仅有50户人家的小村落，属于同祖同宗的父子庄园。在这50户人家中，没有田地，靠做小买卖为生的，占了五分之二。我的祖父母便属无田之列，以做豆腐为生。他们长年累月起早贪黑，在烟熏火燎中，重复着豆腐的制作过程，维持着一家人的生计。每年二月初七开工，在麦收时短暂停工。我不知道为什么麦收的时候，地无一垄的祖父母要暂停自己的生意。却听伯父说，每年到这个时候是一家人忍饥挨饿最为难熬的时候。

有一年，疥疮流行，他们全家人无一例外全都染病。当时民间流传着这样的顺口溜："疥疮像条龙，先在手上行，腰中绕三圈，腿上扎大营。"正如这顺口溜所说，祖父全家人的手都烂了。做豆腐是需要用水将磨好的豆糊稀释开来，装到布袋里。大锅上面置一木箅子，将装有豆糊的袋子，放在木箅子上面，反反复复挤来压去，直挤到豆汁和豆渣一分为二。可以想象，这样的操作，仅从卫生的角度考量，一双患了疥疮的手，也是无法完成的。豆腐不能做，断了生计。不得已，祖父将自家的住宅典当给了别人。在当期将满时，为了凑赎金，祖父四下求人。然而，等他凑够赎金，去赎房产时，这家以晚了半天为名拒绝赎回。交涉无果，祖父母只得继续借宿在本家兄弟的一间房中，成了房无一间、地无一垄的赤贫。

伯父回忆，他的父辈一代人接受教育的不多，祖父却是接受过教育的。这或许得益于他的出嗣，得益于他的那位膝下无子的养父（曾祖父的叔伯兄弟）的培养。祖父毕业于高等学校，是初级阶段的高等。当年祖父读过的书和毕业证，伯父说他不止一次地翻看过。祖父那时候学的知识比现在的小学深厚些，所以叫初等阶段的高等。

有人说:“通过书本获得的不仅是知识,更有独立思考的能力。”更有人说:“受过理想教育的人,不一定是个博学的人,而是个知道何所爱何所恶的人。”我想,祖父母成为村子里最早入党的中共地下党员,便是最好的例证。然而,他们接受过怎样的理想教育,他们革命道路上的引路人是谁,他们何时何地被吸收加入党组织,已无从考究。仅在小时候从父亲那儿听说,有共产党人到村里来,最先接触的便是祖父。他小的时候,偶尔会在夜半时分,听到地下党人前来与祖父母接洽工作的声响和低语。

虽然祖父母当年生活窘迫,我的伯父和父亲也都接受了教育,他们读的是邻村的一所正规小学。在校时,曾有段时间要求穿着统一制服。这要搁在富裕人家,本不算什么,但搁在日子过得捉襟见肘的祖父母身上,几乎成了一道难以逾越的沟壑。父亲每每提及当年的这段经历,都会发些感慨:“我们两兄弟上学时的制服,真把你们的爷爷奶奶制服了!”

时至今日,伯父依然记得,这所小学的校长姓于名敬三,语文老师姓谭名大芳,并对当时的校歌,依然稔熟于口,哼唱得意味深长。“淄溪延水,牛岭云山,威武荟萃,代有名贤。唯我马坊,手着迪鞭,育才培德,校训森严。春风桃李,化雨均霑,今天是弦歌的一堂,明天是齐家治国的儿男。”

我们经常用“拉锯战”来形容与日军斗争的此消彼长。1938年,伯父曾因斗争形势急剧恶化而辍学,也随着其后斗争形势的好转,加入村里组织的儿童团。伯父回忆,儿童团的任务是宣传抗日,打鬼子、捉汉奸、传送信件。至今伯父仍记得他与村里的小伙伴,学唱抗日歌曲的情景;至今伯父仍记得当年唱过的歌曲——鬼子心似狼,抢占我村庄,老百姓啊遭了么遭了殃啊依呼嗨!至今伯父仍记得他送往邻村的那封信的模样;至今伯父仍记得收信人的姓名叫王明卓。

1945年8月，随着王砚田溃逃，八路军进驻临淄，他们走村串户，深入贫苦百姓家中，做家访，传播革命真理，令尚在临淄县初级师范学校读书的伯父豁然开朗。他怀着一腔报国热情，在抬着簸箩往县驻地送支前给养的时候，提出了入伍请求。经县长同意，将伯父留在了区中队。9月，蒋介石为窃取胜利果实，与敌伪合流，乘机向解放区进攻，周、张、博相继被攻占。随着斗争形势恶化，临淄县组建县警备连，伯父进入警备连做文书。从此辗转于临淄境内，依靠人民群众支持，坚持平原游击战。这段时间，国共两党斗争此消彼长。伯父他们凭借青纱帐，与敌人周旋，搞侦察、抓“舌头”，夜间潜入还乡团驻地，偷袭敌人。

1946年，伯父经临淄区中队队长朱玉久和公安员崔万泉介绍，加入中国共产党，成为一名坚定的革命者。之后渤海军政学校招收学员，伯父被选调到军政学校学习。

当时的军政学校，设于德州火车站附近的日伪兵工厂内。从临淄至德州火车站，少说也有230千米，难以想象，当年伯父是怎样仅凭双脚，丈量了这段路程。

1946年，顽八军（国民党第八军）从潍县沿胶济铁路向西进犯，6月占据了已被我军解放的临淄县城，形势急剧恶化。伯父所在的军政学校转移至阳信。尚不满14岁的父亲，也在临淄县委一位白姓秘书的带领下参军入伍，随部队分别撤到小清河以北的惠民。祖父母和村里的几名地下党员，也随区中队转移到小清河以北的博兴。白色恐怖下的一家人，分撤到阳信、惠民、博兴三地。

伯父回忆，那时父亲曾去阳信军政学校驻地找过他，也去博兴找过祖父母。想必祖母也放心不下年幼的父亲。一次，相互寻找的母子二人，于黄昏时分在被青纱帐遮蔽着的羊肠小路上不期而遇。

这个时期，父亲在接受入伍培训的同时，也执行一些传送情报的任务。他曾多次提及苇子河这个地名，也多次提及在漆黑的夜晚，独自走在荒山野岭里，听到野兽叫声时的战栗。

伯父回忆，那时我们党尚未公开。顽八军进攻时，他们在转移途中的党小组会，是躲进荒草野坡的沟壑里召开的。小组会简短到只有 20 个字。小组长开门见山："形势紧急，打仗要求每个党员冲锋在前，撤退在后。"

这个时期，国民党山东保安第六旅徐振中部占领了临淄县城，他勾结王砚田部及当地土顽、恶霸，对人民进行残酷的盘剥和统治。还乡团、特务队猖獗异常，残酷杀害我村干、军属和土改积极分子，全县被杀者达 454 人。我们村子也被白色恐怖所笼罩，风声鹤唳，接连发生了两起针对共产党人的命案。

其一是随区中队撤离到博兴的民兵连长被捕。他因记惦妻儿，是趁着夜色潜回家中的。不承想他的家早已受到国民党谍报员的监视，他当夜被捕。徐振中部为杀一儆百，对这位共产党人，大张旗鼓地执行了公开枪决。

其二是对我曾祖父的残害。祖父幼年出嗣，此时却连累了他的生身之父。因找不到祖父母一家人，伪乡长伙同其姘头将曾祖父抓了起来，逼他说出儿子一家人的下落。孩子永远连着父母的心，或许曾祖父抱定了死他一个的决绝，任他们软硬兼施，却无法奏效。他们又使出更加残忍的一招，在冰天雪地、滴水成冰的数九寒天，将水泼在地上，强行扒掉曾祖父的鞋袜，将他推入冰水中站立。不一会儿，脚与水便被冻为一体……曾祖父惨死在这样的折磨之下。

军政学校为连队建制，最初的课程为：队列训练、班进攻、土攻作业。伯父在此学完了最初的课程。1946 年秋，渤海军区成立机要集训队，选调 2 人到渤海军区司令部驻地学习译电，伯父被选中。

集训队共招收学员 40 余人，由于机要工作的特殊性，要求机要员政治上可靠、意志坚定，能在艰难险阻、枪林弹雨中无所畏惧，将生死置之度外。故此，他们入学后的主要任务是整风、写自传，对学员进行政治上的审查。整风一直持续到 1947 年春天。集训队从 40 余名学员中，挑选出 8 人。伯父说，能被组织选中，体现的是党和人民对他的信任，他感到无上光荣。

接下来，他们接受的是为期一个月的译电学习。之后便作为机要员，被分配到各个部队。从此，伯父入职渤海三军分区司令部机要股，跟随部队转战在冀鲁边区，开始了译电生涯。

机要股是保证司令部与上级保持联系的枢纽。其职责是向上级及时报告部队所在方位，接收上级命令，保持与前后左右兄弟部队之间的联系和协同行动。要求每个译电工作者以生命为代价，确保密码的安全，严格保守机密，迅速准确地收译电文。伯父回忆，每次战役，报量会迅速增大，需要不分昼夜地时刻坚守。在报量最多的昌维战役中，他连续数个昼夜处于紧张的工作状态。于极度困乏下，头倒在了油灯上，帽子烧着，头发烧焦，人被烧醒。因出色完成任务，曾荣获三等功两次，为解放广饶、临淄、寿光、桓台、昌乐等地做出了贡献。

战争是残酷的。“二战将 61 个国家 20 亿人卷入战争，超过 7000 万人死亡。其中，我们国家的死亡人数占了 1800 万。”战争的损失是巨大的，“二战造成的损失，超过了包括一战在内的所有战争的总和”。

在如此残酷的战争中，那些抱定革命理想，不惜抛头颅洒热血的革命先烈们，为了一个理想，一个信念，一个让子孙后代过上幸福生活的强烈愿望，牺牲了。我的父辈们，虽然没有先烈们那般惊天地、泣鬼神的英雄壮举，却也是知道何所爱何所恶的一群，也是为了理想、信念发出微光的人。

此时此刻，浮现我脑海的，是“星星之火，可以燎原”；回荡我耳畔的，是“也许我是一道微光，却想要给你灿烂的光芒……”

2021 年 6 月 30 日

不期而遇

这日，天是阴的，乌云密布，遮蔽了连日以来烘烤着世间万物的傲娇之阳，还不时化雨倾洒，以阴克阳。

然而，云终归势单力薄，在冲突中渐显劣势，故天气依旧桑拿热辣。虽如此，却也是多日以来最适宜出行的日子。

我们开车一路南行，拐进了位于淄河上游的太河库区。

虽是多雨夏日，库中存水依然偏少，与先前相比，似乎未见显著增长。不知再有多少场雨，才能看到它碧水盈满的风姿。

我们在库区短暂停留，便穿过堤坝，沿一条蜿蜒曲折的山间公路进入其南端的那片大山。水库曾来过数次，却未曾留意，有条幽静的山路与它相连，这令我兴奋不已。

这片山远观时，层峦叠嶂，郁郁葱葱。但走近再看，覆盖山体的多是丛生的低矮灌木。虽然，看上去连绵起伏，蔚然成观，松林茂密者有，但林木稀疏者也不在少数。生长于山间的松柏，比之泰山上同宗一脉的宗亲一族，不知要稀疏多少，低矮多少，单薄多少。它们在这最应该光彩照人的季节里，却少了让人眼前一亮的茁壮。不知是砍伐所致还是水土使然，抑或兼而有之。

然而，我国的植树造林从中华人民共和国建立初期已经开始，砍伐毁林现象早被禁止，观察林木之间，也不见砍伐痕迹。我有些疑惑地望着这片山林，以及山间那些大大小小裸露着的碎石，揣度着林木欠缺繁茂的根源。忽然觉得这片连绵起伏的群山，或许属于石灰岩山体。

我曾读到过一篇关于我国石灰岩地区特有植物研究进展的文章，因此了解到，植被不能茁壮的根源，多半缘于山体的石灰岩特质。文中指出，生长在这种山地的植被，“是以黄荆、酸枣、胡枝子等低矮灌木为建群种”。不仅演替慢，参与的物种数量也少。生长其间的乔木也很单一，仅有侧柏占据绝对优势。但又因其增长速度慢，绝对生长量小，极大地限制了它的胸径及高度。

但是，毕竟影响植被生长的因素太多。为确认这片山体的石灰岩特质，落笔前，又去查询，得到的是鲁山山脉“中山北斜面山岭连绵不断，河谷深邃，为一大面积石灰岩低山、丘陵区”。但是，“中山北斜面”是否包括这片山峦，却无从获悉。

这儿生长的侧柏虽不茁壮，却也难说不是中华人民共和国成立初期，千百万人付出辛劳，人工育林的成果。因为，我曾听姐姐们提及，我们本家的一位姑姑，就是在出工到太河植树时，与当地人结下姻缘，嫁到了此地。我痴痴地望着这一座座山，一片片林，端详揣度，想象着青春年少的本家姑姑，挥锹种树的情景。却终不能确定，她是否在这片大山上种过树，即便种过，也无从知晓，她去的是哪一座山，种下的是哪几棵树。

然而，不管是人工栽种还是自然孕育，就凭它们能在这片贫瘠的山地上存续，随春风，将心血凝成一片翠绿，已经令人钦佩。何况它们已经走过了最艰难的生存时刻，进入了植被生长的良性循环。

我在山路上且行且思且四下打量，欣赏着这满山的景致，眼眸所及处，一条铁轨在万绿丛中映入眼帘，并绵延着消隐于山中。它同样单薄着，孤零零只此一条路轨，显得形单影只。这山、这水、这路轨，倒也相称，竟然如出一辙单薄骨感。

我寻个合适的视角打量它时，禁不住心头一颤，幡然而悟。当年无数次载我回到故乡的7053/4次列车，就途经太河，车窗外那片连绵起伏的山峦，应该就是这里，那片一闪而过的水面，应该就是太河库区。

真是难以置信，那列轰鸣前行颇具气势的火车，支撑它的路轨，竟是如此瘦骨嶙峋形单影只。它令我瞬间想到了那些恪尽职守的守岛战士，一份敬仰之情，顿时在心底萌发。

我有些感动，感动那列时常入我梦境的列车，在这儿神奇般现出了轨迹，给了我“众里寻他千百度，蓦然回首，那人却在灯火阑珊处”的惊喜，更感动于所有不改初心的执着和坚持。

在数十载的岁月里，它是连接我和故乡的纽带，是消解我对父母对兄弟姐妹思念的载体。它无数次载我穿行在这片大山，归去来兮。

旅途中，我曾无数次透过车窗，望着这一座座山，一层层绿，一朵朵花，一丛丛草。欣赏着季节赋予它们的令人心醉的千娇百媚，独享着那份愉悦身心的轻松美好。与此同时，它们也与这列火车一起，承载了我走过的那段最灿烂的生命历程，留住了我人生岁月里最珍贵的记忆。

这山这水这路轨，在这个夏日全景呈现，使我自以为熟悉的一切，被彻底改写。以往那点对它们的认知，像极了我对一部影视剧的认知。作为观众，我熟悉的仅仅是演员。剧组的其他人，如果不去留意查询，永远都不会知晓。

我与这列火车结缘，始于20世纪80年代，从那时起，我便成了这列火车上的常客。我永远记得，从临淄区人民医院调离，乘着它去往泰城的那日。或许，父母和我都清醒地意识到了此别不同往日，是一次扯出老根移栽他乡的过程。从此，家乡成故乡，孩子变游子。临行前，父母脸上那种依依惜别的不舍和那盈眶的泪水，刻骨镂痕般留在了我的心中。我转身走出家门的那一刻，泪水即像断了线的珠子，横飞而出，不停滚落。这平生唯一一次撕心裂肺般长时间地恸哭，以一种磅礴不息的态势，伴随我走完从临淄到泰城接近6个小时的路程。临下车时，我家大哥递过一杯水来，对我说："别再哭了，喝口水，调整一下情绪，车站还有等待着接你的新同事。"

从那时起，这列慢得像乌龟先生的火车，便成了我跟父母亲人们相见的唯一交通工具。我年复一年，牵着我的孩子，在它的帮助下，穿越这片群山，回到父母身边，又在父母的目送中离去。

或许，没有人忘记20世纪八九十年代火车上的拥挤。然而，在那个乘车拥挤的年代，这趟列车却是个例外，它永远不会满员，车票上没有座号，座位任你挑选。

大年初一，我从泰城回临淄的行程，更是如此。列车过了莱芜，乘客便迅速减少，后半段的行程，几乎成了专列。车厢里时常只剩我跟我年幼的孩子。活跃在车厢里，亢奋了四五个小时的他，或许在暮色降临时，疲了乏了想回家了，才会每每望着那窗外的夜色，跑过来依偎在我的怀里，对我说："妈妈，咱们回家吧，明天再去姥姥家。"

随着路况的变好、交通的发达、火车的提速、高铁的问世、私家车的普及，它逐渐淡出了我的视野。虽然它依旧在运营，2021年3月15日之前，它的列车时刻表也一如既往，淄博至泰山，全长184千米，14站，运行时间5小时40分。近期的修改，是因为淄博火车站客运设施的改造，相信改造以后，它的定位不会改变，会展现出更好的前景。

真好，在这个加快了节奏的时代，它会依旧保持着缓慢的步伐，特立独行。像一位深谙老子哲思的智者，以不变应万变，保持了格调和风骨，活出了独一无二的自己。它作为时代发展的见证者，不仅见证了我走过的那段生命历程，更见证着我们国家飞速发展的日新月异。

现如今，它对于陀螺般运转着，奢望停下来享受一下慢生活，回味一下过往岁月里那种悠闲旅程的人们，不能不说是一件幸事。

天时而有雨丝飘落，落在路旁的碎石上，石头呈现出它自身的纹理。我随手捡起一块有着雏鸟图案的小石头，在手中把玩。忽然觉得，智慧的岂止人类，也包括这趟列车和世间万物。即使这块在雨中现出图案的石头，也懂得怎样面对世态炎凉，懂得在恰当的场合，面对合适的人时，才可展露心扉。我猜想着，这滴落的雨丝，是它的挚友抑或情郎也未可知。

2021 年 7 月 18 日

由读书引发的反思

如果换了时节，它们或无引人注目的天姿。何况迎春她不解风情，吝啬，全然不顾赏花人的期待，仅绽放两朵摇曳于枝头了事。像惜墨如金的大家，却少了大家的恰如其分。

猜是那年远行，让它寄人篱下，之后又仅随我意，带它迁于临淄。想来背井离乡导致水土不服者，人有花亦然也。

石榴是我那年远行归来就关注的。那也是因为石榴它在我离开的半年时间里，被我的闺蜜养育得奄奄一息，后来如不是我找对人，人家慧眼识病，对症下药，石榴早就归西了。

想来同样被闺蜜养了半年的迎春并非懒惰，也是病了，起码是亚健康状态。

石榴经过一段漫长的康复，恢复了生机，于中秋时节结果，直到冬季。君不见，得子后的它，对孩子的疼爱有多夸张，用爱不释手形容也不为过。它会将果实一直挂在枝头，随风摇曳着，像一盏盏点亮的红灯笼。若不采摘，它便会一直留在身边，即便这果实干皱变瘪，来年枝头又生出新的一茬，这干瘪了的，也依然挂在枝头，用手碰碰，与母体连接得结结实实，石榴妈丝毫没有想要放手的意思。

它结出的果实，比普通的石榴小了许多，也就乒乓球大小。每年能结上三五个悬挂枝头，在绿叶的映衬下，很是养眼养心。

我曾查阅资料，得知它属于小果类石榴，就是适于作为盆景观赏的那种。即使在查询之前，这小小的石榴，也无人动过吃掉它的心思。

虽然，它的果实不能食用，石榴妈的能干，还是值得赞赏的。整个冬季，同样被我放置在楼道里，石榴却抢在迎春之前，早早地发芽了。是在弥补病期的不足，还是我对它里三层外三层的包裹，令它不再寒冷，打乱了它的生长周期，导致它忘记了季节。我想，应该是后者。看来不管对谁，溺爱总是不好。

迎春虽身体有恙，倒也顾全大局，在这料峭春寒中，不辱报春使命。虽然仅此两朵，也开得抢眼，开得灿烂。

说来惭愧，我虽然养了它们，却对养育盆栽花草全无经验。连何时浇水何时施肥都是盲目的。对于病虫害的防治，更是一无所知。石榴看似恢复了健康，但是，在接下来的三年里，一直被疾病缠绕。想必是上次患病后伤了元气，机体失去了抵抗疾病的能力。

石榴的病症，每年翻着新花样，但不论是哪一种病症，都分泌出黏稠的胶状液体，导致叶片黏腻而卷曲，我也因此时常跑种子公司咨询，买药救治。

我在读到丹尼尔·查莫维茨的《植物知道生命答案》一书时，是从西藏回来之后。此时的石榴，已经毫无生机，即便我每日浇水，不时给药，也已经无济于事。眼看着叶子慢慢失去水分，逐渐干枯变黄，再无计可施。

书中提到，植物科学家研究证实："树木可以彼此警告食叶昆虫即将到来。"因为，他们在尚未遭受虫害的叶片中"发现酚类和鞣质的含量有显著增长"。树木释放的这些化学物质，足以使未受损伤的叶片变得苦涩，使得虫害无法继续啃噬。

难不成石榴受到虫害袭扰时，不会释放上述化学物质？也许此虫害非彼虫害，石榴身上的虫害，只使叶片卷曲，生长停滞。

我拜读这本书，且对号入座，追忆我养育盆栽石榴的点点滴滴。书中记述：“植物无时无刻不在监视着它周围可以看到的环境。植物知道你是否走近，知道你什么时候位于它们上面。植物还知道你穿的衬衫是蓝的还是红的，知道你是否给房子上过色，知道你是否曾把它栖息的花盆从客厅的一端搬到另一端。”

另外，医生兼植物学家的威廉·劳德尔·林德赛博士也说：“我发现，类似在人类身上表现出来的心智的某些特性，在植物中间也普遍存在。”

如此说来，莫不是它在我去西藏的18天里，感受到了不离它须臾，及时治它病症、救它性命的养花人的离开，令它感觉失去了依靠。

然而，在《文化的江山》一书中，有这样的论述：“当文明世界形成之时，便是自然进化终止之日。”

自那时起，石榴与我们人类在认知上就有了天壤之别。

随着我读书的深入，我在书的最后章节中，得到了答案。

书中所说的植物的那些感知，并非是有意识的感知，这是科学家们经过无数次实验得出的最终结论。作者借用弗洛伊德心理学的术语，阐释了植物的意识。弗洛伊德说：“植物的心理完全缺乏自我和超我，虽然可能具有本我，也就是心理中接受感觉输入、按本能行事的无意识部分。植物对环境有意识，而人类是这个环境的一部分。”由此看来，“如果植物有这种（自我、超我）意识，那么，这将意味着我们和植物世界之间的所有互动都会发生彻底改观”。

书中强调了“植物无脑”这一观念，指出“植物和人类的整个感觉体验有质的区别”。由此可见，我赋予石榴的意识，其实是单向的，自作多情的，完全是主观臆想和不切实际。

倘若石榴有着我所臆想出的洞悉力，也不至于脆弱到死亡。虽然，我归家时，石榴盆栽被我家大哥浇得几近溢出，那也是他怕遭数落所做的补救。所以，我更相信，是我交代照看它的人没尽到看护义务，忘记了浇水，才导致了石榴死去。

幸好，石榴不像人类，它只对包括人类在内的环境有意识，即使遭遇了不公正对待，也不会有人类那样的感受。

然而，令人遗憾的是，它虽然以盆栽的面目示人，毕竟属于树木范畴。树木的寿命可以很长，幸运者可以活到地老天荒。我的盆栽石榴才十来岁年纪就寿终正寝。想来真正痛心的不是无脑的石榴，而是我这养花人。

对于石榴的死亡，我曾不止一次地反思过自己。虽然有“人挪活，树挪死”的说法，但也需要辩证地看问题。或许在它反复被虫害袭扰之时，我就应该将它移出，将那些容易令石榴生病的土壤换掉。弄些新土进来，给它营造一个新的生存环境，这是其一。其二就是浇水。水是人和动植物赖以生存的必要条件。无论是谁，缺了水分的涵养，后果可想而知。

最后，提醒养花人，植物不喜欢被人触碰。植物生理学家马克·贾菲发现：“在植物生理中，由触碰引发的生长迟滞是一个普遍现象。”也有研究团队在观察苍耳叶子长度时发现，那些被反复测量的叶片，不但出现生长迟滞，还最终变黄死掉。

这又让我想到了石榴，在养育它的日子里，为了我想要的盆栽造型，没少做它不喜欢的事儿。

写于 2017 年 4 月 24 日，修改于 2021 年 8 月 6 日

弥河随想

孩童时，对临朐这片土地的了解，仅限于弥河的存在，而对弥河的认知，除却它盛产的火银瓜，就是从父辈口中获悉的那场因弥河泛滥而导致失利的南麻战役了。

虽然这条河流灌溉的火银瓜甘甜如怡，却因为它在南麻战役中的表现，让我心中仅存的那点甜美消失殆尽。这或许缘于我对吃的渴求远不及对它导致战争失利的嫌弃来得更为强烈。

写下这篇文字前，我又重温了南麻战役。这场战役是留在内线的华东野战军部队对南麻守敌整编十一师胡琏部组织实施的山地攻坚战。它发生在1947年那个多雨的夏季。战役打响后，遭遇了持续不停的瓢泼大雨，我军10余万将士顶风冒雨，连续4昼夜浴血奋战。终因大雨不停，弥河水泛滥成灾，我军弹药淋湿，赖以攻坚的炸药包等大多失效，又因山洪暴发，道路泥泞，重炮无法拉上前线阵地，极大地延缓了作战进度。鉴于国民党各部援军已近，而南麻外围阵地尚未被全部攻占，粟裕将军下令撤围，各纵队分别向临朐县以南及西南地区转移。

其实，河水泛滥，阻碍战役进程的，也不止弥河，沂河也在其列。当年第七纵队第五十七团用绳索牵引强渡沂河时，就因绳索被浪头冲断，大部人马被洪水卷去。

这般令人痛彻心扉的史实，如在我年幼时听闻，沂河也定会如弥河那般，难脱我对它的嫌弃。

这原本风马牛不相及，却成为处于懵懂无知时期的我对弥河最初的认知。

极端、片面，宁为玉碎、不为瓦全，或许是成长中的每一个人都曾有过的心路历程，所不同的，也只是程度上的差异。

我至今依然记得，因为极端所引发的父亲的感叹：他说我像一块棱角分明的石头，需要丢进河水里，去经受波浪拍打，沙石撞击，等真正磨去了棱角，或许才会懂事成熟。母亲也说："我让你去做的事，你要先想想，你是不是该去做，不要依着自己的性子随口拒绝。"

父母说这些话的时候，我还是个不怎么懂事的少年。然而，这些话却被我莫名地记住，在我成长的过程中，被时不时地记起。

随着成长的脚步，我极端的锋芒逐渐消隐，似乎在一夜之间迷恋上了读书。从此，我心无旁骛地躲进这处闪烁着智慧灵光的圣地，以书为伴。在书籍的滋养下，我学会了尊重，学会了倾听，也学会了服从。

这条河流，随着中华人民共和国的建立，当地人对它进行了长达十数载的治理。功夫不负有心人，在那个生产力水平极其低下的年代，他们艰苦奋斗，修建了冶源水库。

淌水崖水库虽与冶源水库不同，是建在弥河的支流红旗河上，却也属于弥河流域。这两座水库的建设，是中华人民共和国建立以后，我们国家无数座水库建设的一个缩影。由此及彼，我们不难看出，为了使那些狂放不羁的河流不再泛滥成害，造福桑梓，泽被后世，在中华人民共和国建立初期，当家做主后的人民以其"敢教日月换新天"的豪迈气概，在短短的几十年间，基本完成了对全国自然江河的修整，并修建了数量众多的大型水库、中型水库、小型水库等，还完成了对长江、黄河、淮河、海河、珠江等国内大江大河的河堤修缮工程。这让我想起的，不仅是成就都江堰的李冰父子，还有三过家门而不入的大禹。我想起了《尚书·禹贡》中“禹敷土，随山刊木，奠高山大川”的记载。相比之下，我们现在治水，无论是整治力度，还是治理水平，远超古圣先贤，其成就可谓前无古人，后启来者。

冶源水库位于弥河上游，建成于1959年。集水面积为786平方千米，总库容量为1.67亿立方米，设计最大泄洪流量7240立方米/秒。

淌水涯水库，始建于1973年，总库容600万立方米，最大泄水量670立方米/秒。比之冶源库区，水坝结构更加精巧，造型更加独特，也更加雄伟壮观，被国内外专家誉为“世界石砌连拱第一坝”，成为集防洪、灌溉、发电于一体的“高峡平湖”。

如此看来，我国在开始工业化进程的同时，农业设施的建造也在如火如荼地进行。

我们的政府深知，想要让全国人民不忍饥挨饿，想要产出足够的粮食，就要兴修水利，就要生产出促使植物繁茂的化肥；想要恢复被破坏的植被，阻止土地沙漠化进程，就要植树造林，就要建立自己的煤炭工业。只有解决了百姓的生活用煤，才能从根本上杜绝对树木的乱砍滥伐。而实现这一目标的先决条件，就是打造属于我们自己的工业化基础，建立起以煤钢为主的重工业，建立起自己的三酸一碱的化工体系。因为有钢才有煤，有钢才有肥，有肥有水才有粮。

为了达到这一目标，党带领人民走过了一段十分艰辛的奋斗历程。我们完成了工业化基础的打造，我们完成了水利工程的兴修，我们不断植树造林，使全国森林覆盖率不断提高，使我国森林面积跃居世界第五，人工林面积跃居世界第一，使这片仅能养育 4 亿人的土地，承担起了养育 14 亿人口的重任。且保证了人民安居乐业、丰衣足食。

进入库区，与它们近距离接触时，它们的宏伟壮丽令人叹为观止。治理后的弥河、红旗河，更像两个历经艰辛终成正果的男儿，沉静内敛，英武睿智。它们虽然棱角不再，却不辱使命，依然会在不同的季节，奏响不同的旋律，或高亢或舒缓。

我立于库区，望着周边连绵起伏的山峦，望着覆盖山峦的层层林木，水利专家关于“森林是绿色海洋，隐形水库”的论断，回荡在耳畔。我忽然觉得这山这水，似是两位深谙一荣俱荣，一损俱损的挚友，才会不离不弃，相互支撑着走过了万千岁月。但愿它们此情不泯，携手地老天荒。但愿先辈们以自己的平凡，共同托起的群体的不凡，连同他们创造出的惠及子孙的浩大工程，史诗般长存于我们的记忆。

写于 2017 年 5 月 30 日，修改于 2021 年 8 月 10 日

母亲

外祖父母的祖上，都是官宦人家。当年，两家父母是为了攀得个门当户对，才结为儿女亲家的。

然而，到了外祖母的父母成亲时，她父亲家已经败落不堪了。她的母亲作为媳妇，只有干活的份儿，好吃好喝的根本轮不到她。于是，住娘家成了她生活的常态。外祖母自幼便跟随她母亲住在她的外祖母家，度过了衣食无忧的童年时光。

然而，成年后的外祖母，一生坎坷，不幸如影随形。她两次嫁人，两任丈夫都不得善终。一位悬梁自尽，一位溺水而亡。而且，他们的亡故，都发生在他们成亲后的不几年内。

外祖母一生也很励志。不幸的遭遇，迫使她不到 30 岁就以其瘦弱的肩膀挑起生活的重担，并凭一己之力，完成对 4 个子女的养育之责。

那时，女性抛头露面外出做买卖者少之又少。她却因生计所迫，在第二任丈夫亡故后，走出家门，做起卖布的生意。

她长年累月身背布匹，迈动着一双缠过的小脚，追随着大集，奔东走西。至今，我们依然记得，她老人家常挂嘴边的至理名言："摁着一头拱，跑不了吃油饼。心多烂了肺，跑不了受点罪。"

外祖母说，她的两次婚姻，都不是自己的意愿，都是被父亲卖到夫家的。她形容她与第一任丈夫成亲时的婚房说："房子很小，但很宽敞。原因是家徒四壁。”

她第一任丈夫的亡故，缘于他自幼拉扯大的三弟，母亲是外祖母的第一个孩子。她 3 岁那年，外祖父在外求学的三弟赌博被抓。这对于视脸面如生命的外祖父而言，犹如晴天霹雳，令他承受不起，自寻短见，上吊而亡。

而第二任丈夫的亡故，则缘于他难耐劳作时的闷热，到水塘边清洗时溺亡。

外祖母第一任丈夫亡故时，她已身怀六甲。外祖父死后没过几个月，便产下了她的第二个女儿。对于一位寡居女人，独自拉扯两个孩子本就不易，还时常遭人欺负，动辄家中之物便被洗劫一空。在这般接二连三的打击下，外祖母一头扎进了水井里，幸好被人及时救起，才保住了性命。之后，外祖母便被她的父亲安排了第二次婚姻。

外祖母带着两个女儿改嫁，时日不长，外祖父赌钱被抓的三弟被放回。他无法接受哥哥悬梁，侄女随嫂子改嫁的打击，瞅准机会，将我母亲抢了回去。

外祖母跟他交涉多次无果，怜惜他孤苦伶仃，对孩子又好，暂且将我母亲留在了他那儿。

不承想，这老三不思悔改。有一天，来了两个抓捕他的人。母亲回忆说：“小叔乘机将一大卷钱塞进了我的怀里，抱起我，送到了二叔家里。然后，跟着那两人走了。从此杳无音信，生死不知。”

那年母亲 6 岁。

外祖母得知后，发疯般去要孩子。终没能要回，母亲就这样被留在了她二叔家里。

直到跟母亲同龄的女孩都嫁人了，母亲本家的婶子大娘们，才给母亲的二叔出主意，让他领着母亲去辛店集上找外祖母，让外祖母张罗着给母亲订一门亲事。

外祖母跟母亲分离时，母亲6岁。此时再见，母亲已经虚岁20。外祖母终于得见母亲，不免喜极而泣，她边哭边收起了布摊，带着母亲回到家里，扯布为母亲缝制新衣。

母亲回忆了外祖母为她找婆家的经历。

有人向外祖母介绍了某村一户人家，外祖母掂量来掂量去，觉得这户人家是不错，家里也很有（富），就是孩子过于老实。老实得有点无用，担心他将来撑不起家业，让母亲受难为。

又有人介绍了一个叫某某某（隐去名姓）的，外祖母掂量过后，觉得这个孩子又太能耐了。怕母亲没本事，打发不下来，嫁过去受欺负。

之后又有人介绍一位当过兵、现在集市上做买卖的年轻人，也很能耐。但是，先前曾听他炫耀自己当兵的时候偷奸耍滑，行军途中装病，让人抬着他走。外祖母觉得这人太过滑头，不是个品行端正的孩子。

最后，我们村有位我唤作老奶奶的，外祖母早就认识，还有我的一位大娘，外祖母不但认识，关系还不错，她们两人做媒介绍了我父亲。她们都说爷爷奶奶在村子里的口碑好，是户正儿八经的人家。外祖母觉得媒人底实（方言，靠得住），不会花言巧语骗她上当，就应了下来。

我父母的相亲，定在了辛店大集，外祖母的摊位前面。

早晨，外祖母出门前，给母亲准备了新衣新鞋，叮嘱她穿戴整齐了，和我姨抬着布匹到集上找她。母亲虽然年纪不小，心智却不成熟。她觉得才被允准见自己的亲娘，亲娘就这般着急地往外推她，心里很是抵触。临去前，母亲扒拉出外祖母的一件破褂子，又大又肥，不但严重脱色，肩部也因常年背布，磨得破损不堪。又找出一双前面露了脚趾头的鞋子，穿在脚上，活脱脱像个要饭的。她就这般模样跟我姨抬着布匹来到了外祖母的摊位前面。外祖母一见又气又急，周围摊位熟识的人，却笑翻了天。再换衣服已经来不及，因为我的父亲到了。父亲是看到母亲了，母亲却没看见父亲。即便如此，由外祖母做主，亲事还是成了。

转过年来的农历八月十四，我的父母结婚了。婚后的母亲，得到了我祖父母的疼爱。母亲也因吃苦耐劳，为人厚道，干活不惜力气，被生产队评为劳动模范。1955 年村里发展党员，经村党支部考察，研究决定母亲于同年 5 月加入中国共产党，8 月转正。1956 年，祖母卸去村妇联主任之职，经大队党支部研究决定，由母亲接任。她一直干到改革开放，随父亲转户口离开。

20 世纪五六十年代，是奠定农村农业化基础的年代，父辈们付出了现代人难以想象的辛劳。母亲没白没黑地劳作着。在那个凭体力打拼的年代，有太多的农活，是男劳力才能完成的。我家没有（父亲在外工作），母亲因此练就了一副钢筋铁骨，即便到了临产期，也能将装载满满的独轮车子推出面包般松软的田地。她白天在大田里劳作，晚上还要推磨子摊煎饼，为孩子们做衣做鞋。到了秋天，夜晚熬夜切地瓜干子，天不亮还要起床去解烟。母亲的睡眠时间极其短，一年 365 天，天天如是。她常说：“那时候，你婶子经常劝我，你这么累，别让孩子们上学了。我对她说，累死就我一个，我要让我的孩子都上学，去接受该接受的教育。”

20 世纪五六十年代，在中华人民共和国成立后的第一个生育高峰到来之时，医护人员严重不足。母亲在这个时间段，被村党支部选派到临淄区人民医院学习接生。学成后回到村里，从此担任村接生员。村子里 50 年代末至 70 年代中期出生的孩子，都是由母亲接生来到世间的。

妇产科是医院里医疗纠纷最为高发的科室，母亲却在担任接生员的近20年间，虽然碰到过很多次产妇难产的情况，却都在她的努力下有惊无险。她时常利用劳动间隙，给怀有身孕的大娘婶子作孕期检查。遇到胎位不正者，会告知她们纠正胎位的姿势，也会告知她们用艾条熏至阴穴位，母亲说这法子非常灵验，只要照着做，胎位是会转过来的。

她面对的第一位产妇，是在她学习不到一周时遇到的。这产妇孩子出生，胎盘不下，为她接生的产婆想了不少办法，最后让她趴在一根挑水的扁担上，依然无济于事。这家的丈夫，急匆匆来找母亲。母亲虽刚入医院学习，却盛情难却，只好跟过去一探究竟。不承想，她让产妇平卧床上，按着她的小腹，朝斜下方轻轻用力，胎盘便迅速剥离。

母亲的接生生涯从此开启。她接生的最后一个婴儿，是难产中的难产，就是在目前的医疗条件下，不接受剖腹产手术，也是无法想象的。据母亲回忆，这孩子提前破水，到生产时，羊水已经流干，而且先下脐带，母亲将脐带推上去后，又下来一只脚丫，母亲伸手一摸，另一条腿是蜷曲着的，母亲好不容易将这条腿捋直拽出，颈部却卡在宫颈口处，母亲伸进手指抠住孩子的嘴巴用力拽了出来。母亲说，拽出来后，孩子浑身青紫，软软的，不哭不叫，很是吓人。这之后村中又有人生产，也是先下了一只脚丫，母亲觉得送医院还来得及，就让家人送到了医院，然而，孩子却没有保住。

在那个年代出生的这些孩子，给原本忙碌的母亲再增一份忙碌，分娩多半都在夜里，隔三岔五，母亲就会被人从睡梦中唤醒，到村民家接生，有时半宿，有时整夜。第二天，母亲还得照常出工。因为，接生员完全是义务为大家服务的，没有工分，也没有休息。

我们一家人经常会在夜间被急促的敲门声惊醒，母亲拿起接生包便走，不论天热还是天寒，刮风还是下雨。

她每次谈及往事，都会说："没娘孩子天降抱。"这句话也真的在她身上应验了。看来上苍是公平的，她虽然在不幸中度过了许多年，她虽然瘦得皮包骨，全身脂肪量都不足以支撑起女子每月该来的"老朋友"，却也没落下什么病根。缘于此，才能随着之后生活水平的提升而强壮起来，独自挑起家庭的重担，一路在艰辛中前行。

我的母亲用自己的辛劳，极大地拓宽了她生命的宽度。用自己的善良和不计得失，赢得了人们的尊敬。她常教育我们的话是："你们好生想着，力气是攒不下的，不管在哪里，有活儿就要抢着去干。好吃的先紧着别人吃，人家吃了还说你个好，你自己吃了啥都不顶。"

她这样教导我们，自己也是这样做的。她的语言朴实无华，却在我们心里深深地扎下根来，成了我们的行为准则，终身受用。

现如今，母亲米寿已矣，我们正以茶寿相期。祝愿她老人家康健永存，福寿绵长。

2021 年 8 月 26 日

后记

这本散文集，收录了我25年来断断续续写下的部分文字。虽然写得零零散散，却也都是有感而发。它记录的，是我的部分生命历程，它凝聚的，是我对文字的热爱、对故乡的眷恋、对亲人的思念、对人生的感悟、对行业精神的讴歌……

写作上力求风骨，拒绝无病呻吟。

文章以我写下它的时间为序。开篇的《情感人生》是我第一次动笔写下并见诸报端的文字。因水平有限，文笔稚嫩粗糙在所难免。尽管如此，它毕竟是我码字生涯的开端，是我在文学道路上孕育出的“长子”。

我时常扪心自问，25年的写作，是否有了些许进步，答案是肯定的。因为，25年的写作过程，也是一个向诸位文学大师学习的过程，是一个深入了解历史，广泛涉猎知识，积蓄沉淀，丰富自己，培养自身鉴古知今能力的过程。

虽然我依旧未能与肤浅告别，但面对形形色色的人和事物，面对自媒体领域的眼花缭乱，作为一名文学创作者，我具备了该有的独立分析能力。媒体上我虽然属于沉默的那群，但是，在是与非面前，有着自己的坚持，不会人云亦云。我觉得只有这样，才能握好笔，写好文。

我将继续努力，力求写出好的作品。

徐淑云

2022年2月